何建明\著

爆炸现场

人民文学出版社

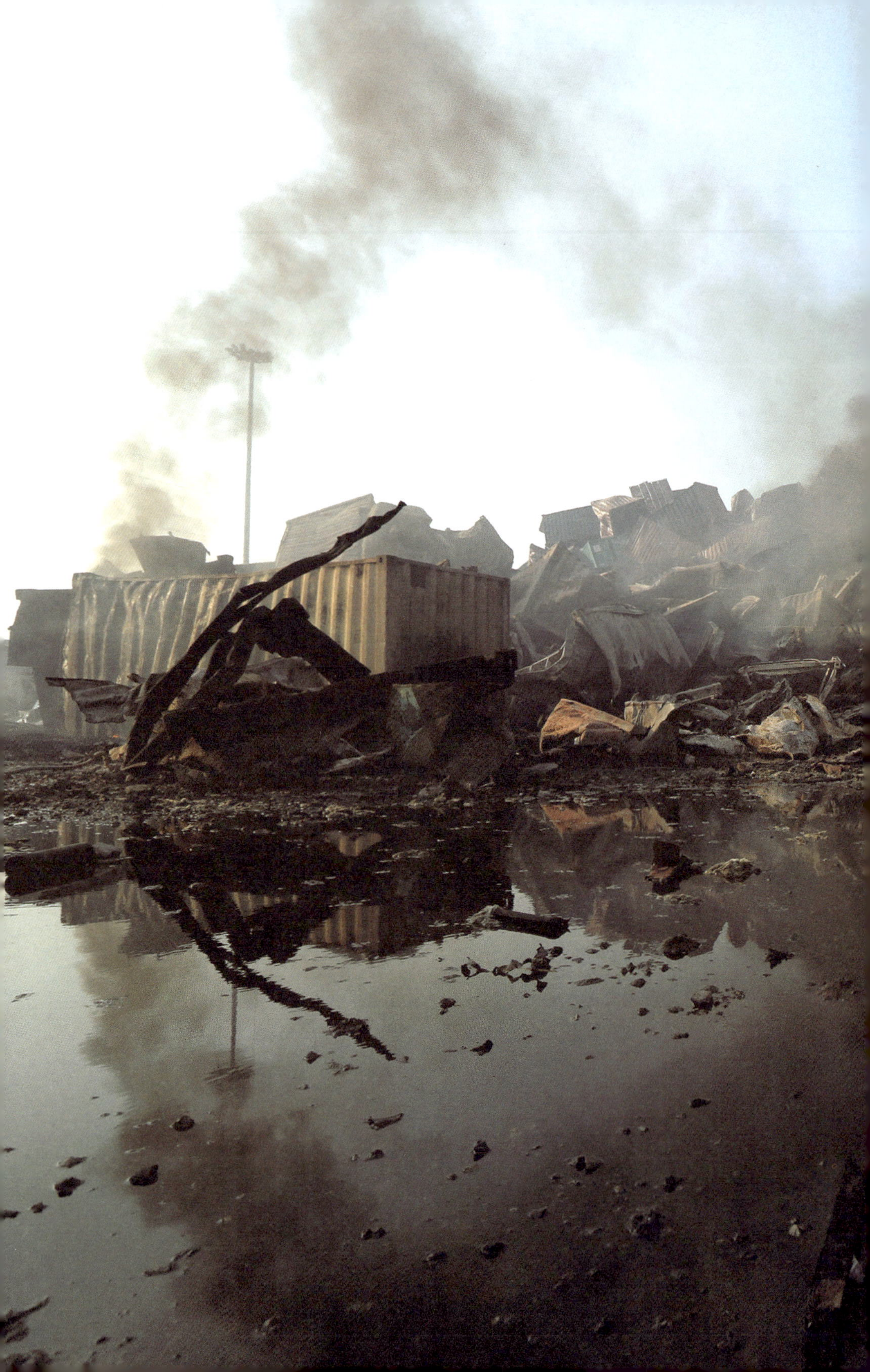

——本文献给

在天津港"8·12"特别重大火灾爆炸中英勇奋战和光荣牺牲的所有消防队员

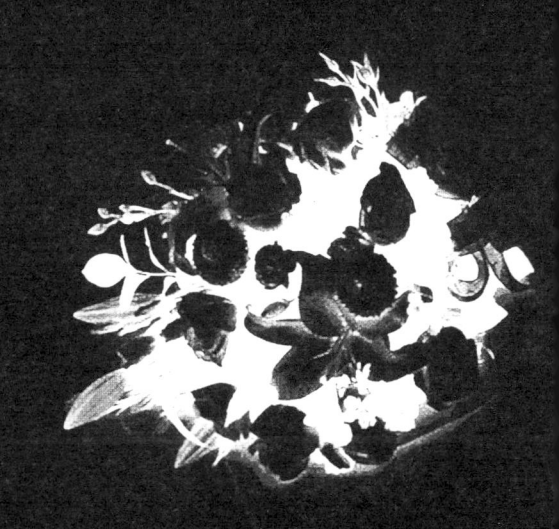

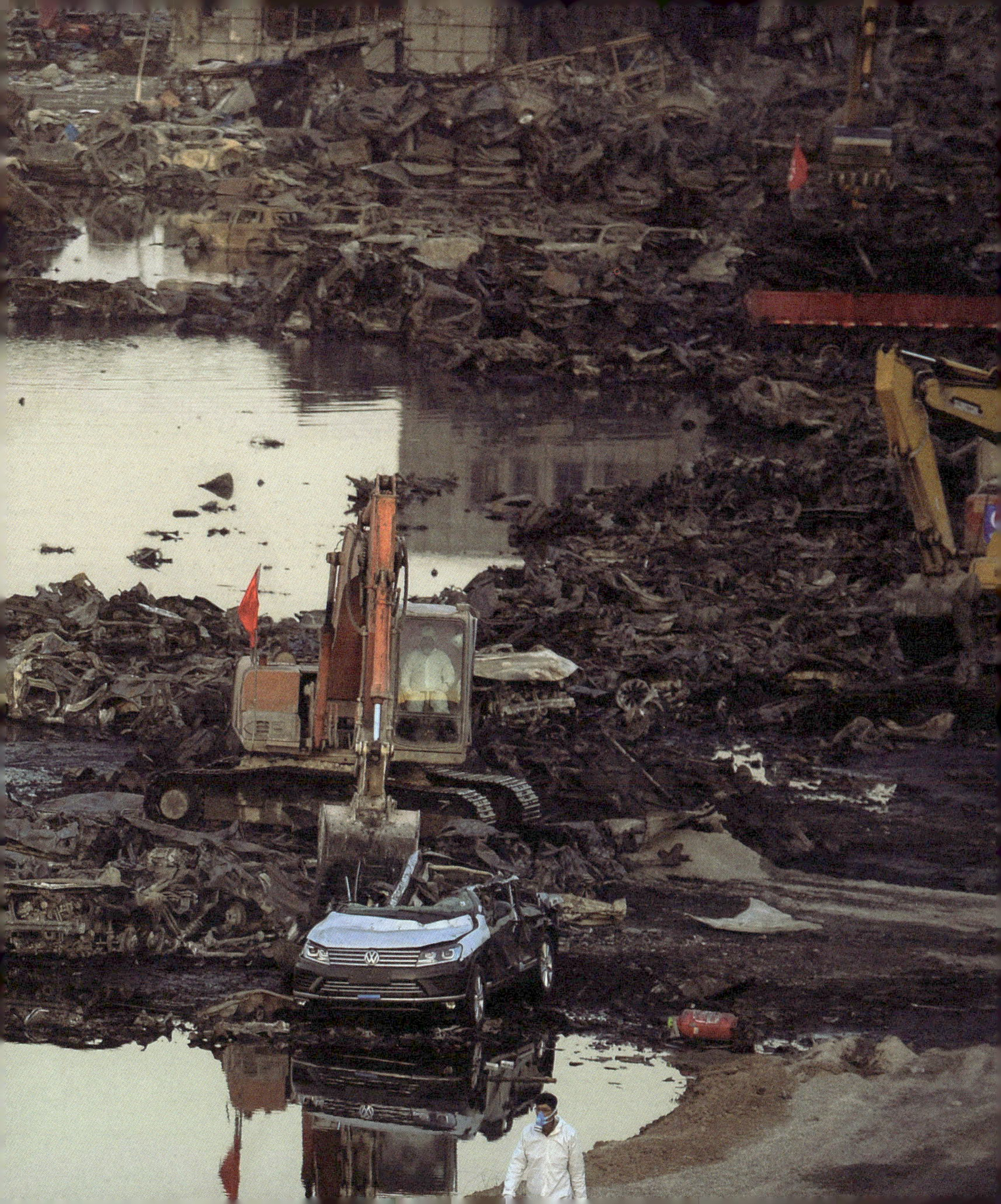

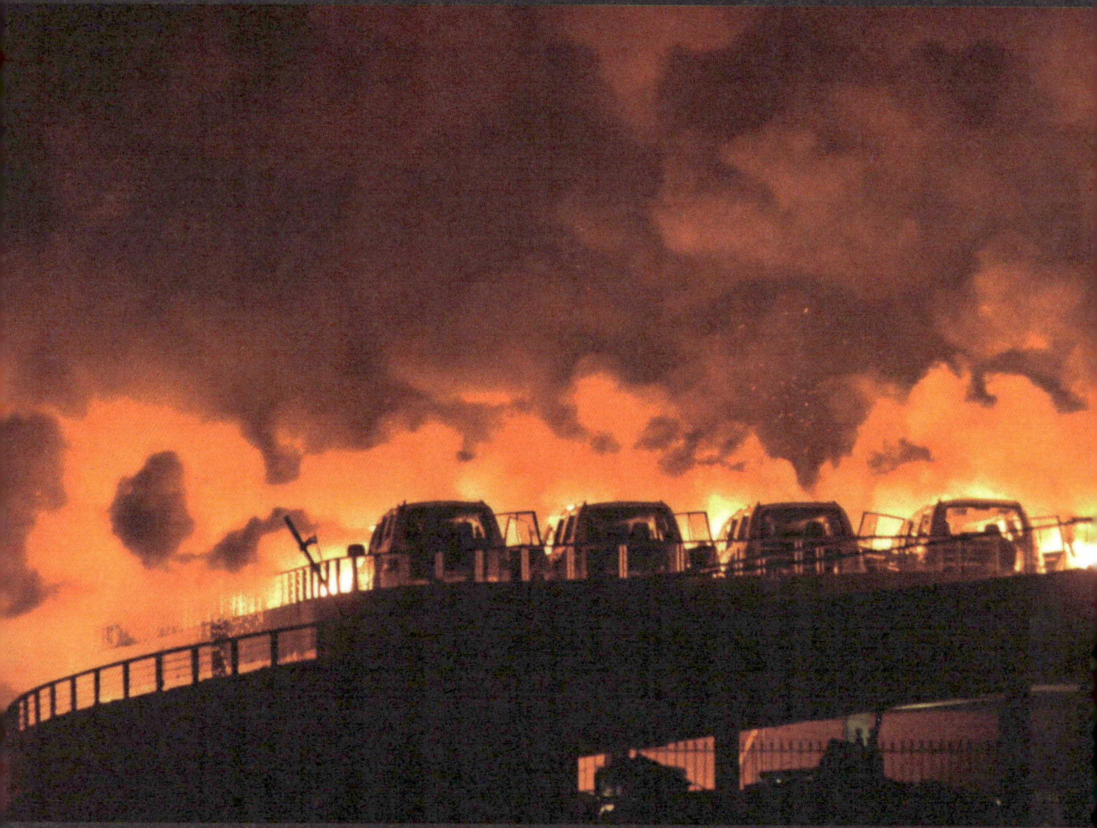

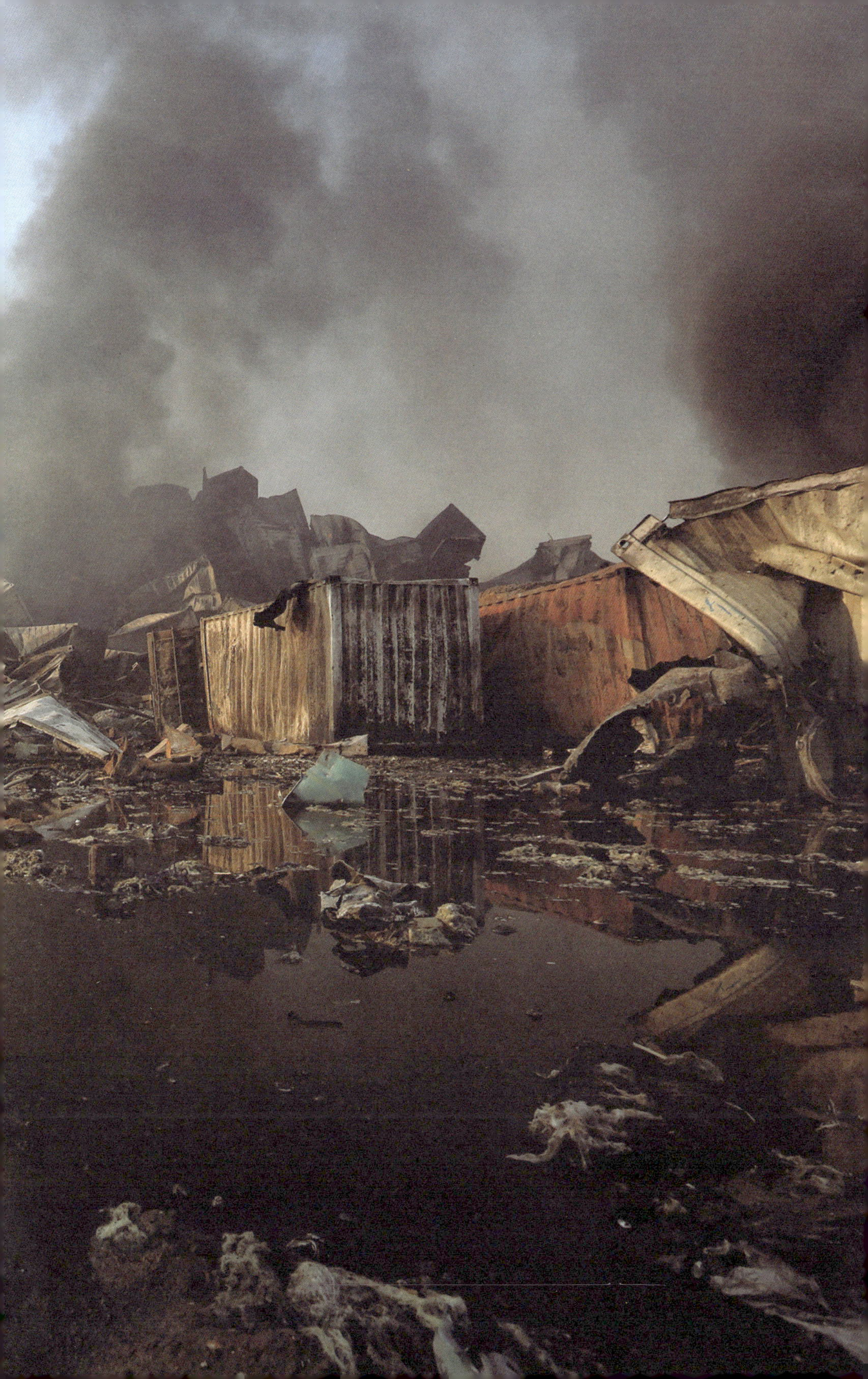

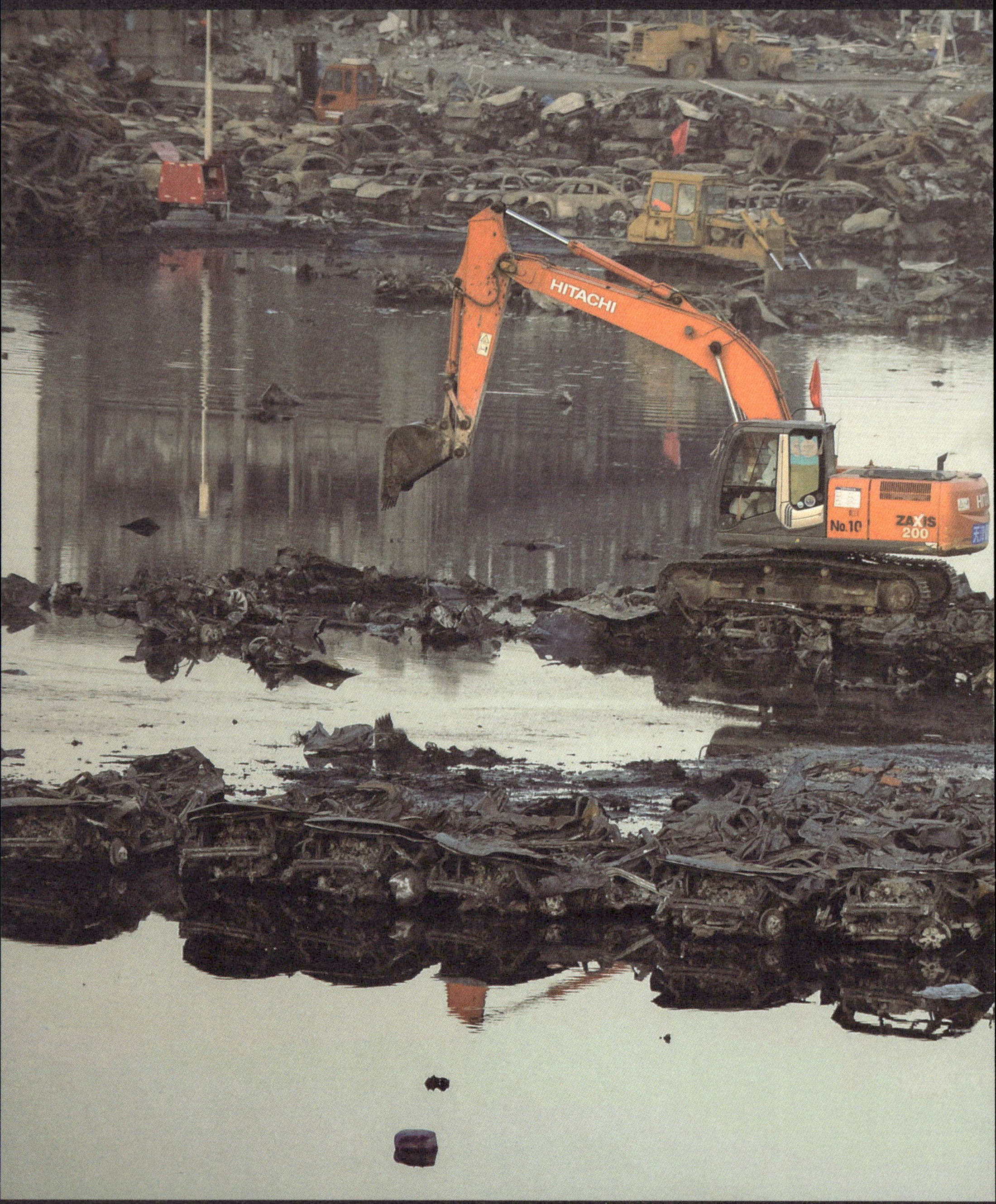
HITACHI
No.10
ZAXIS
200

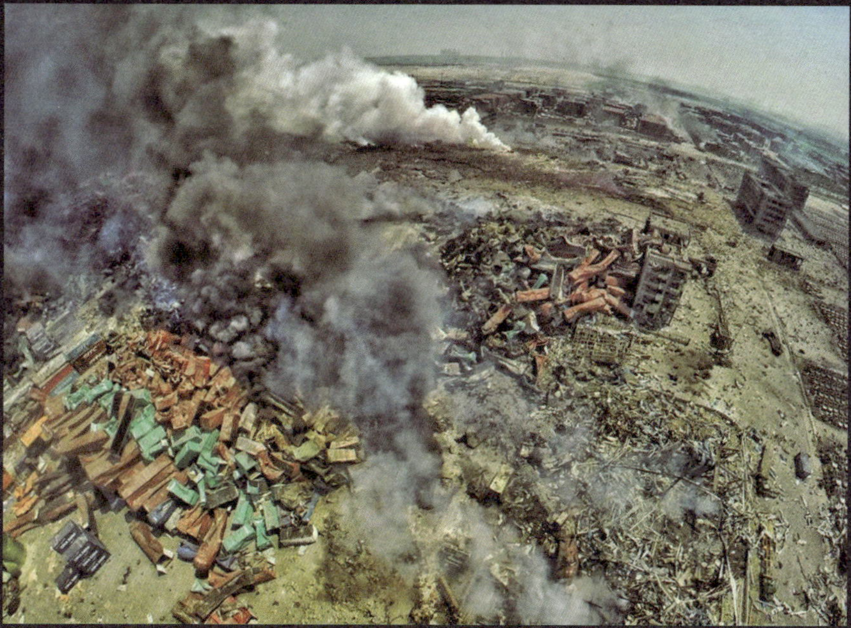

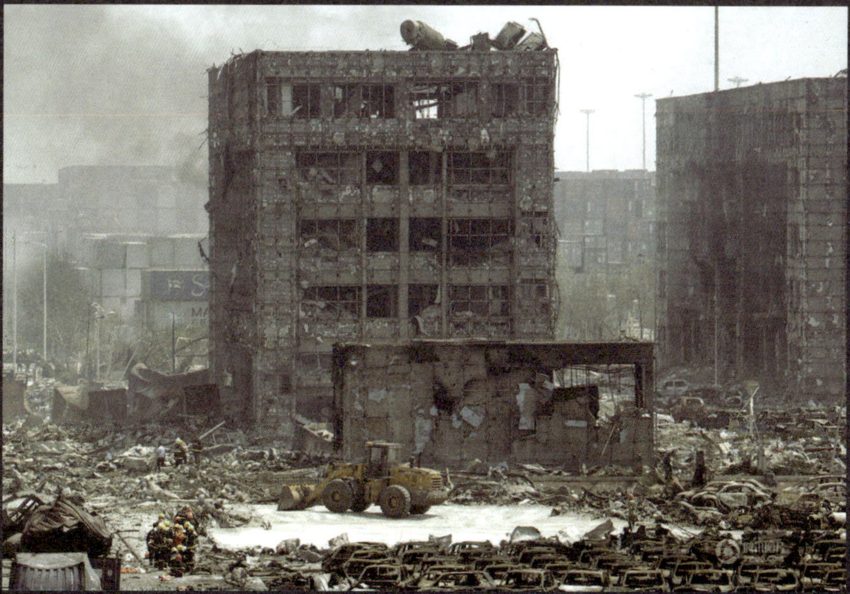

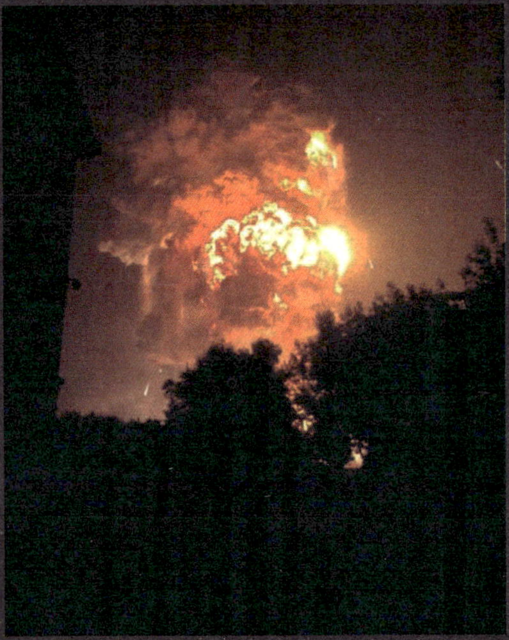

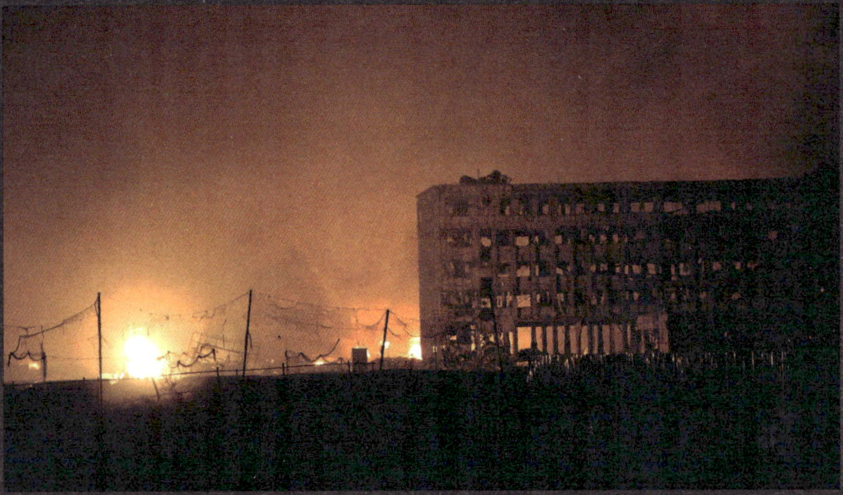

目 录

序:爆炸的威力   1
1. 警铃响起时   15
2. 逃生者讲述火情现场   31
3. "刚子"走了,一起走的还有他中队的3名主官……   44
4. 从火海中爬出来,又将自己送进了医院……   53
5. 特勤队的特别伤亡   60
6. 张超方是个奇迹   72
7. 岩强,复活的"烧焦人"   85
8. 周秀政委说:"当时我想逃命也不可能……"   97
9. 真正的"现场":除了逃生,便是死亡   104
10. 爆炸瞬间留下的最珍贵"对话"   115
11. 派出所的故事   127
12. 火线"绝密行动"   142
13. 寻找"失联"战友   147
14. 最后的安魂曲   174
尾声:赞美生命的壮丽,实为鞭挞摧毁生命的罪孽   197

附录:新华社公布国务院事故调查报告   203

序:爆炸的威力

事实上尽管国务院有关天津港爆炸事故调查报告已经公布,但到底这次爆炸的威力有多大,仍然像谜一样。

我在网上搜索到一位看起来绝非是"外行"的网友如此分析道:从波形记录结果看,第一次爆炸发生在8月12日23时34分6秒,近震震级ML约2.3级,相当于3吨TNT。第二次爆炸在30秒后,近震震级ML约2.9级,相当于21吨TNT,具体威力相当于53枚战斧巡航导弹一起轰炸。究竟21吨TNT炸药有多大的破坏力呢?首先必须要对TNT炸药有所了解。有一定物理知识就会知道,理论上1焦耳=0.102公斤·米。从能量角度来进行换算,1公斤TNT爆炸可产生420万焦耳的能量。也就是说,1公斤TNT放出的能量可以把1公斤的物体移动420公里,或者把100公斤的物体移动4.2公里。那么21吨TNT当量等于8.7864×10^{10}焦耳的能量释放,究竟是一个什么样的概念呢?参照其他同类数据就能有更清楚的了解。Mark Ⅱ手榴弹,军事战争中最常用型号的手榴弹。内部填充70克装的奥克托TNT混合炸药,其威力相当于纯TNT的175%。在杀伤力方面,Mark Ⅱ手榴弹杀伤半径为5—10码(约4.5—9米)。21吨TNT约等于17万颗手榴弹同时轰炸的

爆炸现场

效果。

后来公安部的专家告诉我,其实"8·12"大爆炸的威力远比17万颗手榴弹要大。大多少?他不愿讲。事实,国务院最近公布的事故调查报告证明,爆炸的威力相当于450吨炸药威力,也就是说是17万颗手榴弹的20余倍威力!360多万颗手榴弹一起炸开是什么威力?我不得而知。但作为曾经的军人,在新兵训练时,有一个老兵曾告诉我:他当新兵时的一次训练中,有一次实弹投掷出了意外,一颗手榴弹爆炸,当场有两名战士被炸死,其中有一位的腿与胳膊炸到了三丈高的岩崖上……

360多万颗手榴弹放在一起所产生的威力可想而知。

问题是,天津港大爆炸不仅有"360多万颗手榴弹"同时爆炸的威力,且这一大爆炸还引发了五六千辆汽车及数以万计只集装箱的同时连环爆炸!日常中,我们看到马路上有一辆汽车发生爆炸,其火光冲天的情形令人胆寒。现在现场有五六千辆汽车一起爆炸和燃烧,你见过吗?你胆战吗?

炸药所产生的爆炸是惊天动地的,而钢铁一旦被燃烧之后则如火山喷出的熔岩一般,可将天映红,可将地燃焦,可将巍峨的山体化为灰烬……更不需说血肉之躯在其中会变成何种样子!

——这就是天津港"8·12"大爆炸时很多人所看到的威力。而另一些人他们看到了,却也被这样的威力彻底地熔化成了烟尘,他们是这次大爆炸中最悲惨的一群人,他们多数是消防队员。

其实,在我们这些只是从电视新闻镜头中看到"8·12"大爆炸情形的人眼里,尤其是看到那火光冲天、钢筋混凝土制成的楼宇被冲击波摧毁，烧成一个个七零八落的瘦瘦骨架，几千辆由钢铁制的汽车瞬间化成一片"焦尸"时，我们自然想到了七十多年前原子弹在日本广岛留下的情形——天津港大爆炸在核心区的两三平方公里内所惨遭的威力与原子弹的威力相差无几。

我是一颗"伟大"的"终结者"：原子弹。我出生于科学家的实验室里，那儿还有许多我的兄弟：氢弹、中子弹……

我的"脾气"可大了，只要人们把我的导火线点燃，再从高空扔下，我就会在碰到地面的一刹那，气得炸破自己的"肚皮"。我一生气，那些大楼里工作的人可就惨喽！我个头也特大，有10个中年人那么长，体重达3吨……我的威力也是最大

■ 汽车"焦尸"

的。看我的大肚子,里头可都是不好惹的火药呀!要知道,我一炸开,可以达到上万颗手榴弹的力量,可以吞下一个城市!怎么样,厉害吧?

上面这一段《原子弹的自述》,在中学作文网上流传很广,许多中国孩子都读过它。

"8·12"大爆炸相当于360多万颗手榴弹的威力,360多万颗手榴弹能不能抵得上一颗原子弹我不得而知,但从数以万计辆的崭新汽车一瞬间变成了"车尸"的惨状,我想许多人与我一样,也会自然而然地联想到当年美军在日本广岛扔下原子弹所发生的情形。

"广岛的原子弹投射后爆炸所产生的蘑菇云高达一万八千米,相当于珠穆朗玛峰的两倍。在广岛爆炸中心的人们几乎都被炸弹所造成的高达4000摄氏度的高温直接汽化了,成了金属和空气,而数十万人因此失去了生命……"我们都知道原子弹爆炸下的多数生命已经没了,留下的只是极少的幸运者。但能够在原子弹爆炸下留存下来的人,既罕见,也同时是巨大的生命痛苦者。相信许多人看过日本的一位叫樱井哲夫的头像照片。而看过这张照片的人,都会吓出一身冷汗,因为战争遗留给樱井哲夫的相貌十分恐怖,如魔似鬼——烧得完全变了形。

"我就是那次爆炸中唯一存活下来的几个魔鬼之一,因为真正的人是不可能在那种大爆炸中完整地活下来的。"樱井哲夫心中的痛苦可想而知。

"8·12"大爆炸中存活下来的人就比樱井哲夫好吗?当时的我

就对此忧心如焚,爆炸事故后的几个月的采访证实了我的所有担忧竟如此吻合——可怕的吻合!

暂且不说那种被燃烧者的可怕的后遗症,先说那些距爆炸中心很远的诸多天津平民们受到大爆炸惊吓的那一刻所采取的行为——

现代高科技通讯,让天津港大爆炸在第一时间传遍了世界,当然也首先让天津人得知了身边的大爆炸。当时微信里有位唐山"老兄",他前几年来到天津滨海新区开公司。"8·12"那天晚上,此老兄从朋友家里出来,突然近处传来一声巨响,随即一团冲天而起的蘑菇云在距他二三百米远的地方腾空而起,接下去便是地动山摇……"不好!大地震啦!"此兄当年在家乡经历过大地震,那一次幸免于难,但留下了刻骨铭心的记忆:全家十几口人,仅他和一个妹妹幸存下来。

"快上车逃啊!"此兄以迅雷闪电之势,将其媳妇和儿子塞进小车内,然后开足马力,朝北京方向狂奔……

"离灾区越远越好!越远越保命!"此兄拿出稀有的看家本领,顺京津高速路飞驰。

"嘛事?你往哪儿开呀?"媳妇搂着儿子,浑身颤抖,一边看着漆黑的夜幕,一边惊恐万状地追问丈夫。

"北京!北京是首都,毛主席待的地方最安全……"

"你吓糊涂了吧?毛主席早死了!我们去干吗?"媳妇气得直骂。

"你知道啥!当年我们家大地震时老人们都是这样说的,凡是

爆炸现场

相信这话的人都活着……"

"屁话！死了的人想相信这话也没有用！"

"住嘴！"此兄突然想起打开车上的收音机。于是他一手撑方向盘，一边调开电台。车子速度太快，电台里的声音尽是呲呲啦啦的。

"把手机给我……"媳妇显然机灵些，伸手去拿前座的丈夫口袋里的手机，"有人发微信了！妈呀！是大爆炸嗨……"媳妇拿着手机大叫。

"爆炸?！啥爆炸?"丈夫紧张地问。

"妈呀，像是原子弹爆炸啦呀!"媳妇看到手机屏幕上滚滚而升的蘑菇云火球，不停地惊呼。

"世界大战啦？奶奶的，是不是日本人跟我们开战啦？又是一个甲午战争了？快说，是不是呀？"丈夫机关枪似的追问。

"呸！你个大战孙子！"媳妇嗔怒一声后，说，"是我们天津自己炸自己……"

"自己炸自己?！哪个王八蛋这么坏这么恶呀?"此兄冲天怒吼。

小车突然嘎吱一声，车身在高速路上来了个180度的调头。

"妈呀，这么大的爆炸！"一家人这回远远地看到前方有一片火光异常刺眼，似乎将东边的半个天幕照得贼亮贼亮……

"妈，我们咋来廊坊了?"在大人中间，齐腰高的儿子指着路边的广告牌问。

"这里安全。"爹娘喃喃地对儿子说。这一夜，这一家三口在距天津五十多公里外的地方待到天亮。

下面要说的也是一个三口之家。但这个三口之家现在因为大爆炸而彻底地"碎"了……

丈夫江泽国在此次爆炸中永远地离开了家人和战友。他是大爆炸中牺牲的24名武警消防队员中职务较高的一位,生前是天津市公安消防总队开发支队司令部政治协理员,主持消防开发支队特勤队工作,少校警衔。

当晚,妻子任倩囡清楚地记得,在22点50分时,她给正在与战友们一起讨论工作的丈夫江泽国打电话催促说:"你休息了吗?不要工作太晚……"

"知道了。你快陪宝贝睡吧!"丈夫说。

"爸爸,你答应我要到北京天安门去玩的,怎么老不算数呀?"7岁的女儿突然凑到母亲的手机前,说道。

"好好,乖女儿,爸爸下个星期天就带你去北京看天安门啊!"江泽国说。

"爸爸再见!"

"再见。"

这是这一家人留下的最后一段完整的对话。不到一个小时后,天津港新区的瑞海危险品仓库发生火情,作为增援力量的消防开发支队特勤队在岗值班最高指挥官,江泽国接到命令后,率战斗队伍以55秒的飞速时间,出营奔赴火情现场。

他是指挥官,他的车在最前面。到达火情现场时,按照规程和

爆炸现场

惯例,他肯定是第一个跳下车,并且站在距现场最近的位置侦察火情,判断现场情况,并迅速作出战斗部署。

然而,这一次与以往所有的灭火现场的情况不一样——噼里啪啦的零星爆炸声伴着火焰到处喷燃,其火焰的亮光也不同以往。

"立即让后面的车辆往后撤,注意火情!"战友们看到江泽国最后一个犹如雕塑般的身影:一边观察着迎面炽烈的火势,一边说着最后的这句话。

随后,巨大的爆炸开始了。

随即,又是一次更大的爆炸!

那几十秒内,天变红了!方圆几里内都在下着"火雨"……凡是被"火雨"落着的人,不是死,便是伤。凡是被"火雨"落着的房子、车子都在燃烧,路面被烫焦或烧出个坑。树也在燃烧,田野也在燃烧。天津港区的许多地方都在燃烧……

燃烧得最痛、最伤的地方是江泽国妻子任倩囡的心头!

从8月13日零点左右开始,当她得知丈夫工作的地方发生大爆炸后的每一分、每一秒都在给江泽国拨手机,后来手拨麻了,就干脆要了个车,直奔滨海新区爆炸地点。

"江泽国!江泽国你在哪里?你在哪里……"远远看到爆炸现场那冲天的火光时,任倩囡的腿就软了,嗓子就哑了。但她清醒地意识到自己不能倒下,她要知道丈夫到底活着还是出事了!

火场早已一片混乱。但唯一不乱的是被拉得紧紧的牢牢的警戒线。

"我是江泽国的妻子!告诉我他在哪儿?快告诉我……"任倩囡见人就喊,见人就问。

没有人告诉她,也没有人回答她。似乎所有的人都在向她摇头。

她哭了。哭瘫在地。

好一阵,她哭醒了。突然间,任倩囡发现,许多人跟她一样在哭,哭的时候也几乎都没有人理会。她才明白,不是她一个人找不到亲人,是许多人许多人找不到亲人了……

于是她颤颤巍巍地重新站了起来。火场进不去,她看到无数呼啸的救护车、警车、私家车以及出租车……甚至是大卡车,都在向医院奔跑。

是啊!到医院找丈夫去!

于是任倩囡来到了距火场最近的泰达医院。她奔跑到泰达医院时,又一次惊呆了:大门口、走廊里、楼梯上、急诊室

■ 巨大的"蘑菇云"

■ 爆炸现场的场景之一

内,全是一个个烧得木炭似的伤员和面目已经无法辨认的死者……

任倩囡想哭,又不敢出声,唯有眼泪像断了线的珠子从脸颊上滚落下来。

"江泽国在哪儿?你们谁见过一个叫江泽国的消防干部?"她每见一个伤员就去辨认一下,又向他们打听和询问。但没有人回答她,所有的人似乎都已经麻木了。他们不是呆呆地看着她,就是十分恐惧地向她伸出双手,那痛苦不堪的情状,任倩囡过去从未见过。她想到了自己的丈夫,丈夫会比他们伤得更严重、更痛苦吗?

找了一个遍之后,还是没有发现自己的丈夫。任倩囡的心猛地咯噔了一下:难道他……

她不敢往下想,但又不能不去想。她要见他……她听到有人在走廊里哭天喊地说着"活要见人,死要见尸",那一刻她的心痛得流血。

天为何在旋转,地又为什么是软的?从小胆怯的任倩囡从不敢看死人的脸,但这一次为了找自己的丈夫,她不得不去查看一具具躺在那里或遮或盖或裸露的已经被烧得没人样的尸体……她的手抖动得不行,但又必须坚定地凑上前去仔细查看、辨认每一具尸体。

她心如刀割。每一具尸体她都希望那不是她的丈夫。可她又特别特别地希望早一点看到她的丈夫……她的心被利刃撕裂和掏碎了!

我的天哪！她终于倒在地上，一下失去知觉。

江泽国一直处于"失联"状态。凡是"失联"的人在当时的爆炸现场基本上是靠爆炸核心点最近的地方。也就是说距爆炸核心最近的人，存活的概率几乎是零……

江泽国到底身在何处？作为增援力量的消防特勤队指挥官，根据他当时所在的位置和逃生出来的其他消防队员的证实，其命运显然是凶多吉少。

时间一天又一天地过去了，江泽国仍然处在"失联"中。

三天过去了。进入第四天的搜救仍在紧张地进行之中。多数牺牲的消防队员的遗体都在爆炸现场周边找到了，难道江泽国被炸"没"了、炸"化"了？或是被土埋了起来？

"再找！必须想法儿找到，哪怕是他的一发一物……"天津消防总队的领导连续下达命令。毕竟是一位校级警官，江泽国的"失联"牵动着许多人的心，更何况已经是爆炸后的第四天了。

"出发！"穿着厚厚防化服的"抢险敢死队员"们，又一次向爆炸核心区进发。根据幸存者的判断，当时的江泽国应在距爆炸核心点二三十米之处，专家们认为，如果江泽国不幸遇难，那么有可能被爆炸泛起的土渣和飞滚的集装箱埋压在哪个地方。于是，敢死队员们一遍遍地在爆炸形成的直径约百米的大坑四周寻找，但仍然没有江泽国的任何踪影。

会不会被强大的爆炸冲击波"冲"走了呢？

"扩大搜索范围！"指挥部再度下达命令。

抢险敢死队员们开始向爆炸核心区的外围搜索，五十米、六十

爆炸现场

米……

搜索至一百多米处的地方,是瑞海公司的那栋小二层楼。此时的"楼"就像餐桌上被吃剩的鱼骨架,所有的墙壁和门窗不知飞到了何处,墙柱楼架也是斜歪扭曲的。眼前是仍在燃烧和冒烟的大片废墟。

一楼什么都没有了,各路搜索队也早已若干次地在此搜索过,据说多具遇难者的尸体被拉走了。

"上二楼再找找!"领队的警官带着两名敢死队员攀上残留的几块楼梯板,艰难地登上二楼,随后一间间地仔细搜索……

"这里有人!"突然,他们在第二间的一个墙角柱子下的一堆废墟里,看到了一名已经没有了生命迹象的遇难者。

死者的脸部已经彻底烧焦并模糊了,胸部以下的衣服也全部烧成灰烬,五脏六腑流落在外……可以肯定,爆炸那一瞬间,遇难者是正面对着火场的。

"是我们的战友! 开发支队的……"将遇难者的身体翻过来的那一刻,搜索队员们看到了遇难者后背残留的战斗服上还有两个字"开发"。这是天津消防总队开发支队消防队员特有的战斗服。

"应该是江泽国同志……"抢险敢死队的领队张大鹏对牺牲的烈士进行了现场辨认后,沉重地宣布。"老江的头顶有些秃,我们常在总队一起开会……"很快,DNA也证实,遇难者正是江泽国烈士。

妻子任倩囡不敢相信那具面目全非的尸体是她英俊、魁梧的丈夫,她甚至没有胆量去触摸丈夫那早已冰冷的残体,只是捧着江泽国生前穿着警装的彩色照片,一个劲地哭诉着:"你到底啥时带孩子去北京天安门广场呀?你说话呀!说呀!……"

丈夫永远不再回答妻子的问话了,更无法兑现对女儿的承诺。首长和队友们则怀着巨大的悲痛,默默地悼念自己的战友。同时还在思考一个不解的问题:爆炸现场的威力到底有多大,怎么就把活脱脱的一个人冲出一百多米啊!

许多日子后,我询问过相关的专家。他们告诉我:瑞海危险品仓库的爆炸当量,如果不是有障碍物,其爆炸引发的冲击波可以将一个一百五六十斤重的人抛出数百米远,也可以将整个人体炸裂成千百块……

多么可怕的威力!多么恐怖的爆炸!而我们的那些消防队员

▧ 江泽国的夫人代领"最美利辛人"奖杯

▧ 可怕的威力

13

爆炸现场

们就是在这样的大爆炸之中,经历了生生死死的考验。他们在这场旷世惊天的事件中到底表现如何,《爆炸现场》将告诉你那些所有的细节和撼天动地的英雄精神——

1．警铃响起时

天津港大爆炸后,许多人在追问:为什么那个叫瑞海的公司将那么多危险化学品堆放在一个距居民区如此近的地方?背后是否有腐败贪官在插手和经营这家企业?而当那么多消防队员牺牲之后,许多人又在追问他们为什么不能避免"无谓"的死亡,为什么不赶紧躲开爆炸?甚至有人在不停地嘀咕:为什么中国的消防队员那么没知识、指挥官为什么那样"瞎指挥"?

关于天津港大爆炸确实有太多的"为什么"!有些"为什么"我跟大家一样,恐怕根本就无法彻底弄清楚。好在国务院事故调查组还在深入调查,最终会作出一些客观的结论。然而,我所要告诉广大读者的是:有些事情并不像公众所置疑的那样简单,比如消防队员和他们的指挥员该不该避开大爆炸,现场指挥是否得当,像这样的问题似乎充满了正义的追问。其实,当我们采访清楚所有基本事实之后,可以用一句简单的话来回答:天津港瑞海公司的大爆炸事故中,消防队员们在现场的行动无可挑剔,甚至从消防队员的角度而言,他们做得极其完美,无论牺牲的还是活着的人,在现场表现得尽心尽职,也尽情尽性。

没有在现场的人,可以说得很轻松,可以不负任何责任地"畅想"和"谴责"。但消防队员们不行,他们的任何一个行动都在"命令"和"规程"之中。也就是说,他们接到火警后,所有行动都是"规定"好了的,即使面对百分之百的死亡。像天津港大爆炸这样的现场,能活着回来的简直是万幸,是"意外",是绝对的命大!

无论是那些只有十七八岁的年轻消防队员,还是久经沙场的老消防警官,他们都这样告诉我:一旦接到火警,所有出警的队员,必须在一分钟内完成出警。也就是说,那一分钟内,你无论在睡觉,还是在吃饭、洗澡,即便是上厕所,你都得完成战斗前的一切准备,穿上战斗服,飞奔着登上消防车,奔赴火灾现场……

一分钟,是消防队出警最长的时间。一般消防队只给50秒、55秒时间。也就是说,当突如其来的火警警铃响起的那一刻起,不管你在干什么、身在何处,你必须用短于50秒或60秒的时间,完成一系列规范动作后,带上参与消防战斗的必需装备随车出营区。这就是我们的消防队员!

他们训练有素,钢铁意志,行动迅速,绝不犹豫,视死如归!英勇和牺牲,对他们而言,中间并不间隔任何距离,时刻连在一起,我因此理解了为什么天津港大爆炸中我们的消防队员牺牲得那么惨烈和巨大……

"8·12"大爆炸,到底是谁最早获得的火情,是谁最先报的警?据天津消防总队值班室的"119"火警处电话记录,是一位市民最先拨打了电话,说是滨海新区有"油罐"爆炸了——其实是滨海新区瑞海公司的危险化学品集装箱发生了小爆炸的火情,虽说最初的小爆炸威力并不大,但它引发的火情仍然比一般的火情要大得多,于是就有市民报了警。

时间是2015年8月12日晚上10点50分左右。

"119"火警报警系统是个自动传输系统，还有人工值班，一旦有人报警后，值班人员就会迅速地记录下报警的内容和大致方位，随后由值班指挥员向相关消防队发出命令。

"丁零零——!"几乎是同一时刻，天津公安消防总队的"119"系统应天津滨海新区消防支队的请求，立即向距滨海新区最近的四个消防中队发出紧急增援的警情和命令。现代化的通信设备保障了下达紧急命令的快速性。在警铃响起的同时，每个消防中队值班室的传真机也自动地将"出警命令"传输给了消防队。

当晚10时55分前，天津公安消防的位于天津滨海新区的八大街消防中队、三大街消防中队、开发区特勤中队和保税区天保中队四个中队级消防队接到总队下达的出警命令。

"快快！有火情，立即出发！"消防队员们无一例外地在60秒内将车开出营区，奔

■值班消防员张梦帆与当时接报警的电话

17

爆炸现场

赴火场。快10秒8秒最好，但慢于60秒的，总队值班系统实时录像记录在案，将追究责任。这是铁的纪律！

四个消防中队，距火灾发生地最近的当属八大街中队。这一夜值班的是2013年入伍的战士张梦帆。小伙子长得机灵，所以中队干部一直将他放在值班室。值班室是消防队的"指挥首脑部门"，虽然平时在中队编入"通讯班"，其实真正值班的可能就一两个人。八大街值班就张梦帆一人，他吃住在值班室。"我的腿在一次出警时受过伤，所以中队领导后来就让我守在值班室值班。"张梦帆解释道。

今年中秋节那天(9月26日，距大爆炸一个半月后)，我来到他所在的中队采访，小张领我到他当时值班的那间房子内。里面已经破碎不堪，靠窗口放着一张床，这便是张梦帆生活的主要"根据地"。床头依然保持着爆炸那一刻的原状：满床的玻璃碴和碎石块，还有断裂的钢窗条……

"我们中队离爆炸现场约三里路远，当时的冲击波将我们的营房震得七零八落，一片狼藉！"小张随后带着我看了看其他房间。那一刻，我才真切地体会到"8·12"大爆炸的威力：三里路之外的消防中队营房内，所有的天花板基本上全部被掀落，玻璃窗上的玻璃所剩无几，甚至有的钢窗框都变了形。尤其令我吃惊的是中队阅览室内，十来台电脑和书架上的书，不仅洒落一地，且上面覆盖着一层厚厚的尘埃……

"当时随爆炸冲击波一起袭来的什么东西都有，我正在值班室与前方战友用对讲电台联系，突然营房四周像被一股热乎乎的飓风压过来,力量大得你根本站不住,人倒了,天花板落下了,屋里所有的东西乱七八糟地被打翻了,整个房子像一只摇晃的船在海浪中漂荡……我们不知怎么回事,以为是大地震来了!"张梦帆说这话时,双眼仍然布满了恐惧。

"你能回忆一下在接警最初时的情况吗?"我想了解消防队员们在大爆炸那天自始至终的每一个细节。

"好的。"张梦帆从落满尘土的"接警终端"——其实是一台自动传真机(爆炸后已经不能用了)上拿下一份当时的"接警命令单"给我看。

在这份全称为"灭火救援出动命令单"上,清楚无误地写着两个时间:一是天津消防"119"接到报警的时间:"2015-08-12-22:52:18",就是第一个报火警的时间。另一个是天津消防总队向消防灭火中队"下达命令"时间:"2015-08-12-22:54:22"。天津消防接到火情报警后,在2分4秒钟后作出了派部队增援的命令。这

灭火救援出动命令单

主管中队	八大街中队		出动单号:	D120000002015081222542228581	
接警时间	2015-08-12 22:52:18	机主姓名		报警电话	15522973277
下达时间	2015-08-12 22:54:22	报警人		联系方式	15522973277
灾害单位					
灾害地址					
火情(灾害)描述	●人员受困:0 ●灾害类型:火灾扑救 ●灾害等级: 级 ●注意事项:请参战官兵携带必备灭火、救援器材,速到现场科学处置并及时报情况,注意安全,做好个人防护和现场警戒。				

出警命令单

爆炸现场

时间包括了天津消防总队值班首长了解基本火情后拟定增援方案和战斗部署并下达命令的全过程。从这2分4秒钟的时间可以看出,我们消防系统的战斗行动之快捷、果断,令人敬佩和感叹。

在国家灭火救援最高指挥部——公安部消防局的总值班室里,指挥中心主任尹燕福指着全国灭火指挥系统大屏幕,告诉我:无论在哪个地方出现紧急火情,我们的消防指挥系统都可以在几分钟内向所在地区的消防官兵发布命令,而且这个命令一直从北京通向最基层的消防中队。也就是说,北京的警铃一按,几秒钟几十秒钟内就可以指挥并启动一个地区、一个中队的消防力量奔赴灭火现场。"当然,出动多少兵力、增援多少力量,需要根据实际情况。但我们的指挥系统自上而下、自下而上是畅通无阻的。"尹燕福说。

"天津港大爆炸发生后,当我们从前方基本了解火情后,不到两三个小时,我们就调动了河北、北京、山东等几个省市的消防兵力支援,很快基本控制了火势蔓延。但天津港大爆炸来得突然,现场的火情变化在最初时完全超出了一般火情的发展,所以造成了我们消防队员自新中国成立以来一次伤亡最严重的后果……"尹燕福说到这里,声音有些哽咽。

蘑菇云腾空而起,满天火光映红天津港区,几千辆汽车顷刻间烧成铁疙瘩,数万户居民楼的门窗片甲不留……这是全中国甚至全世界人通过手机和电视所看到的当晚天津大爆炸的现场情景。

此情此景,何等地揪心!那一刻,是天津消防队员们最为悲壮的时刻,也是所有视频上没有留下的印痕,而我的文字正是记录了他们在这一刻的所有表现：

张梦帆在警铃响起的第二三秒钟时,便向战友传递了"出警"的命令。

"上级的'出警铃'响起与部队出动之间是没有间隙的,就是说,我值班室里的警铃响起,我们全中队的战斗员们就要立即投入55秒的出发前的战斗准备行动,并把消防车开出营区。这时间内我作为值班员,就是负责把上级命令中的内容交给通讯班长,再由他带着命令交给中队指挥员。具体出动多少辆战斗车、火情在哪儿,上级的'命令单'上都有详细的文字表达。"张梦帆把"8·12"当日的"命令单"拿给我看。当时上级给予中队下达的"火情（灾害）描述"和相关要求是这样写的：

灾害类型：火灾扑救。

灾害等级：一级。

注意事项：请参战官兵携带必备灭火、救援器材,速到现场科学处置并及时上报情况。注意安全,做好个人防护和现场警戒。

在看这份天津消防总队下达的"出警命令单"时,我脑海里闪出在大爆炸发生后的第二天、第三天里,我在北京连续参加了几个会议,碰在一起大家自然而然地议论起天津港的这场火灾,尤其听说爆炸现场的消防队员巨大的牺牲后,便有很多人慷慨激昂、振振有词地批评消防指挥员,说什么的都有,最多的当数"他们在瞎指挥""不拿战士们的命当回事"云云。虽然我不懂消防,但多少知道火情与消防队员之间的关系：对任何一个消防队员来说,只要一见

爆炸现场

火情,任务就是往火场上冲,无论火有多大、多危险,他的责任就是灭火和与火情进行殊死搏斗。不能犹豫,分秒必争。所谓的"科学"与"不科学",在那一刻外行人和不在火场的人根本无法比正在战斗着的消防队员们更清楚。

事实证明,天津港大爆炸的现场情况更是如此。争论没用。原始的出警"命令单"上留下的文字可以说明,公安消防指挥员们对当时参战的一线消防队员们不仅有着非常专业的要求,而且特别强调了在灭火现场要"科学处置""注意安全",尤其强调消防队员的"个人防护"。我想读者还应当需要特别留意"命令单"上另外几个字:做好"现场警戒"。这句话的意思,消防队员除了在现场要确保灭火正常进行外,还有一项特别重要的任务是,防止火场围观的群众发生危险和火灾的次生灾难。消防队员们每次执行任务都具有双重责任:灭火和保护群众。

"牺牲了那么多可爱的战友,社会上就有人骂我们指挥不力,这是一直以来常常让我们非常难过的事,我们自己又有嘴说不清。事实上,在当时的大爆炸现场,我们的消防队员们一边冒着随时牺牲的危险,一边又在不停地劝阻和驱赶许多在现场围观的群众。试想一下,如果不是我们消防队员用自己的生命在保护围观的群众离火场远一点的话,大爆炸那一瞬间,大家想想还会有多少人失去生命?"天津公安消防总队政委岳喜强有点很激动地对我说。

岳政委的话,让我想象着爆炸现场的一些情景:瑞海公司的院子起火之初,附近的居民和路过的群众,出于好奇和关注,便纷纷朝火场四周靠近与围观,来自不同方向的人数绝不下几百人。

"大家务必不要靠近现场!"

"快往后退!退!——"

"呜——"

"呜!呜!!"

23时左右,起火的瑞海公司院内外,已经聚集了相当多的消防车和消防队员。正当各路消防队员准备灭火时,他们的身后和四周也陆陆续续出现了越来越多的围观群众。

"危险!你们不能往前走了!"

现场的消防队员和驻地跃进路派出所(港区的这个派出所与瑞海公司一路之隔)民警不停地将围观者劝阻至警戒线之外,大声喊话:"火场危险!往后撤!越远越好!"

"撤!不能在这里围观!快撤!撤——"民警中带队的是当晚

■第二次大爆炸的那一刻,留下万千只停止走动的时钟

爆炸现场

正在所里值班的派出所教导员王万强。只见他一边在现场指挥其他民警将警戒线往外拉,一边向围观的人群不停地高喊着。当他回头看到警戒线内仍有非消防战斗员时,便跑步将其拉送到警戒线外。就在他折身再次将离火场较近的那根警戒线往外拉的那一瞬间,动天撼地的第一声大爆炸响起了……十余秒后,又一个更巨大的爆炸响起!王万强在一团火光中消失了……

"我们是在8月30日那天才找到王万强同志遗体的。"10月底的最后一天,我来到天津港公安局所在地,一位局干部告诉我,"当时我们找到万强同志时,见他的尸体已经不成样儿,半个脸没了,上半身也被什么东西给劈掉了……惨不忍睹啊!"

这位王万强的战友颤动着双唇回忆道:"大爆炸之后,王万强同志一直处于'失联'状态,我们找了很长时间一直没有发现他的影踪。火灾后的第十天,也就是8月23日那天,王万强的父亲王胜朋先生来到我们局里。他老人家见了我们领导后第一句话就说:'领导啊,我儿子没给你们丢脸吧?'66岁的老天津港人,儿子找不着了,他却对我们说这样的话,你说让人感动还是悲伤?后来老人家一定要到派出所去,说要看看他儿子工作的地方。我们领导陪他去了跃进路派出所。干警们知道他们教导员的父亲来了,便赶紧集合迎接。老人家见了干警们后,说:万强不在了,你们还要把工作干好,我代儿子拜托了……之后,他说要到火场那边去喊喊儿子。那个时候,火场核心区还处在警戒状态,我们只能陪他站在远远的立交桥上往火场那边遥望。老人家当时眼望着还在冒烟的爆炸场地,连声喊着:'万强!爸爸来了!爸爸想带你回去!你在哪里呀——'那一刻,在场的人没有一个不跟着掉眼泪的……

"事故出来后,不少人说我们天津消防水平不行,我们天津港公安更不行,可说句老实话,我们公安的干警和消防队员的水平和战斗力是摆在那儿的,他们在现场的表现没说的! 现在我们的领导已经被追责,其实我们心里很委屈。

"大家不知道,其实我们局里的干警当时为了避免更多的围观群众无谓伤亡,何止牺牲了王万强一个好同志! 副局长兼消防支队队长陈嘉华牺牲了! 分局局长刘峰牺牲了! 跃进路派出所所长陈学东至今还在医院躺着,身上缝了77针,一只眼永远没有了……"这位干部说。

有关天津港公安人员的事暂且放一下,让我们还是再回到八大街消防中队的干部战士们接到出警命令后的事吧——

"根据上级指令,我们全中队的战斗力量全部出动,包括了全中队4部消防车。"张梦帆说。

现在我才明白,通常一个消防中队有3部或4部消防车,特勤中队会有5部以上的消防车。这些车辆都各有其责,第一辆车被叫作"第一班车",一般都是指挥车,出警的最高指挥者坐在上面,还有负责通讯、记录和录像等工作的文书一名,其他都是战斗员,三到六人不等;第二辆、第三辆,是供水车或战斗增援车;最后一辆是警戒车加增援车。在灭火现场,各车之间保持一定距离,这得根据现场情况决定,如果现场狭窄拥挤的话,有时几辆车会挤在一起作业。

"8·12"火情出现后,天津消防总队给港区范围内的4个消防

爆炸现场

中队同时下达了紧急增援令。距火场最近的八大街中队冲在前面。

"那天晚上10点多钟后,中队的有些同志已经上床了,尚未休息的同志看到不远的地方升起了火焰,大家很快知道是火情。就在等待战斗命令时,总队直接按动的警铃响了,我在值班室也同时收到了自动传输过来的'出警命令单'。像往常一样,我把出警单交给了值班室斜对面通讯班的訾青清,我俩平时工作在一起,住得又近,每次出警他是跟在指挥员身边的文书,所以在战斗中前后方的联系也是我们俩,可根本没有想到这一次竟是我们俩的诀别……"尽管已经两个多月过去了,一提起牺牲的战友,张梦帆依然无法控制悲伤的情绪。

"我们现在都不愿意再提起那天的事了!"张梦帆说,如果不是首长提前跟他说我是专门从北京来的作家的话,他和中队那些活下来的战士都不会轻易提起"8·12"大爆炸的事,"简直就像噩梦一样,好端端天天在一起的战友,转眼就没了……我至今还是不相信这是真的!"

国庆节我再去采访时,被爆炸破坏的八中队营房基本保持了原状,我看到战士们临时挤住在一楼的两间通铺上休息。中队还有7名战士没有出院,留下的原八中队战士暂时不再执行任务,由总队另调来充实力量帮助八中队执行日常出警任务。

进入消防队,会深深感觉弥漫着一种悲伤和压抑的气氛。战士们相互之间很少说话,个个表情凝重。"现在我不太去二楼了,一上去就会出现错觉,訾青海、杨钢、成圆、蔡家远……他们都会嘻嘻哈哈地过来跟我说话,我受不了……"张梦帆念叨的这些名字,都是牺牲的战友,与他一样年轻。

"訾青清才20岁,再过20天他就到了退伍期限。'8·12'爆炸的前一天,我俩还在商量他留下来当士官的事呢!我对他说,你留下来吧,还有谁比你条件更好的呢?訾青清要个头有个头,各项工作都出色,又特别听话,电脑玩得好,尤其是电脑上画画特厉害!中队长、指导员都非常喜欢他,每次出警总带着他。这回也一样,结果他和中队长、指导员都没有回来……我受不了!受不了!"张梦帆突然将头压在桌上,失声痛哭,哭得异常悲伤,令人无法安慰。

啊,大爆炸给这些年轻的战士们留下的心理阴影何时才能消失?我焦虑地想。

"抱歉。"片刻,张梦帆抬起头,用袖子擦脸拭泪,"我们中队

■离现场三里多路的八中队队部被震现场

爆炸现场

出动了4部车,26名战斗员,除了几个在家站岗的和炊事员外,就是我了。我是值班员,必须坚守岗位,负责与前方联络并及时掌握情况,同时还要把上级的指令传达到前方……"

"他们离开营区后你跟他们联系过吗?"我问。

"联系过的。一路上我一直没中断过与指导员、中队长的联系。因为我们要掌握火情的准确位置和具体情况,所以我一直在跟那个报警的人联系,但没有打通对方的手机。这前后也就半个来小时,当时我就坐在值班室通讯台前的椅子上,突然感觉窗外一片热浪压过来,赶紧一边喊着'危险!大家快往外面跑',一边带着手持电台冲向楼下。就在这时大爆炸开始了,随即又是一个更大的爆炸声。"张梦帆的眼睛变得溜圆,仿佛爆炸现场又出现在他眼前。"走到楼下往火场那边一看,天哪!一团蘑菇云高高地在升起,而且天都是亮的……当时我的心一下就凉了,我知道我的战友必定凶多吉少,于是就赶紧拿起电台和手机跟前方联系,但谁也联系不上……

"这种事我从来没有碰到过,真的吓坏了。但好像那个时候又特别胆大,我清楚这时中队留下来的战斗员就我一个人了!我应该挺住,应该坚守岗位,应该把中队撑起来呀!"一个1993年出生、当兵仅3年的张梦帆,竟然在最关键的时刻会有这样的想法,令人敬佩!这叫什么?叫担当。勇敢的担当。是责任,一个战士的责任。

大爆炸让中国消防队的一代年轻人突然成熟了起来!

然而,令张梦帆没有想到的是,正在他为前方的战友生命万分担忧时,营房外突然涌来几百名周边的群众,他们惊恐万状地跑着过来,寻求张梦帆及营房站岗的消防战士的保护。

张梦帆有些感动了:最紧急关头,老百姓信任的还是消防队员、子弟兵。百姓认为,此刻警营才是安全和可以安身的地方。

"大家不要紧张,要注意安全!注意秩序!"张梦帆觉得自己的责任一下子大得需要他挺直腰板站出来。"就在这时,一个只穿着内衣的年轻女子,突然拉住我的胳膊,一边哭一边乞求我保护她,我感觉她浑身在发抖,抖得特别厉害,甚至有些失去理智地死拉着我不放,好像离开了我她就有危险似的。无论我怎么劝说、解释,她就是不放,且越说越激动,又哭又闹,我一时真是不知所措。我看到现场的群众,都被大爆炸吓坏了……好一阵后,我才把缠着我的那位女士安置在一个草坪上,让另外几个稍稍镇静些的群众代为照顾。我又赶紧回到营房。那个时候我们的营房已经不像样了,到处都是横七竖八的被震碎的玻璃、拧断的钢条和掉落一地的天花板,总之乱成一片。就在这时,我的手机响了,一看是三班车司机王大力打来的,赶紧接,只听他说:'我现在找不着回去的路了,找不着……'就挂掉了。第二个电话是前方车也就是第一辆车的司机潘友航打来的,他断断续续地说:'我受伤了,伤得很重,一身血……'就再也没有了声音。当时我急得拼命喊啊!可就是没有人再回答我、没有人应我。我看着空荡荡又乱七八糟的营房,想哭又觉得嗓子里像被啥东西堵住了。但脑子的意识没有糊涂,我当时只想一件事:寻找到前方的战友,了解他们在前方到底发生了什么,他们现在是活着还是……"

爆炸现场

之后的几十个小时内,张梦帆独自一人坚守在八大街那幢千疮百孔的消防中队营房,等待着大爆炸现场那些战友们的生与死的每一个消息——只有他了,营房内站岗的烧饭的战士甚至连家属院的大人和小孩子都往火场去寻找他们的战友和亲人去了……

这是离大爆炸现场三里多远的一个消防队的情形。大爆炸现场的情形又是怎样呢?

2．逃生者讲述火情现场

在增援的4个消防队中,八大街中队因为路近,所以他们是第一个到达火灾现场,故而也是距爆炸核心区最近的几个消防中队之一。

我问那些从爆炸现场死里逃生的受伤战士们还记不记得大爆炸前的现场情形时,几乎没有一个人能回答上来。

为什么?"他们绝大多数是被强大的爆炸声'震'失了记忆!"医生这样告诉我。

"能恢复吗?"

"要看具体情况。轻者,有可能。重者,一般不太容易了。"医生回答。

而我知道,凡是在爆炸现场的人,似乎无一例外地双耳被震得穿孔。这样的伤病者仅恢复听觉就需要两三个月,通常完全康复需要一年半载,有的则永远失去正常听力。

杨光是八大街中队排长,是仅存的1名干部,另外3名干部全部牺牲在现场。

"当时我们中队出动了4部消防车,第一辆指挥车由代理中队长梁仕磊负责;第二辆车是供水作战车,另一位排长唐子懿在车

爆炸现场

上;第三辆是水源引导车,指导员李洪喜在这辆车上;我在最后的抢险救援车上,负责后面的警戒和随时准备救护伤员等工作。因为每辆车分工不同,一般情况下几辆车之间前后有一百多米的距离,这一天情况也跟平时差不多。抵达现场时,我估测了一下,大约我那辆车的位置距离着火中心点有二百米,与中队长的第一辆指挥车相隔一百来米。中间还有我们中队的第二、第三辆战斗供水车。"杨光个头不高,但是位十分精干的小伙子,"我是在读大学时当的兵,后来又上了消防专业学校,所以有些解放军的战术功夫在这次大爆炸时用上了,因此身体恢复得还算可以。"

杨光在中队的最后一辆车上,但这并不能说明他的车就比前面几辆消防车安全,那个在大爆炸第二天就在媒体上广为流传的"刚子"就跟他在一辆车上。"刚子"叫杨钢,是杨光的兵,四班车的消防战斗员——战士们叫第四辆车为"四班车"。

"刚子是我们四班车的司机,那一天是他在开车。"杨光是几个还能记忆得起大爆炸前情形的消防队员之一。

"到达现场后,我观察了一下火场的火势,觉得这个火有点不太对劲,因为现场有不少围观群众在嚷嚷说是油罐爆炸了。可我在消防学校学过,如果是油罐爆炸是有征兆的。但这一次喷出的火焰跟油罐爆炸燃出的烟火不一样,冒的烟是白色的,火光也特别地亮,还伴着声音——噼里啪啦的响声。就在这个时候,我听前一辆车上的指导员在喊:'三班车寻找水源,抢救车在后面警戒……'我看到他说完就自个儿往火场方向走去。于是我就命令车上的人下来执行警戒任务,将周边围观的群众驱赶到警戒线之外。这个时候,车上的杨钢正在倒车,准备将我们的消防车停在合适的位置。从我们到达现场,到第一声爆炸,前后也就是二十来分钟……"杨光说。

杨光他们的消防车在全中队最后面,我想知道更前面的三辆车的情况。

"孩子你在第一辆车上?"坐在我面前的小伙子实在太年轻了,所以我便这样称呼他。

"嗯。"他叫刘钰清,河南周口人。

"你今年多大?"

"九六年生的。"他低着头回答,一脸腼腆。

难怪,周岁才18岁。看着他头上、脸上尚未愈合的伤疤,我非常心疼。

"当时你们的车距离火场有多远?"

"四五十米吧。"

"那时火灾现场有人吗?"

"有。已经有人了,是地方消防队的,还有公安民警……"小伙子说。

"你车上的中队长那个时候在做什么?你看到了吗?"

"他……他比我们先下车,下车后他就往着火的前面走去,訾青海好像跟在他身后。"刘钰清又摇摇头,说,"我记得不是很清楚,医生

中队长梁仕磊生前照片

一排长唐子懿生前照片

指导员李洪喜生前照片

33

爆炸现场

说我双耳穿孔了,很多事情记不得了。隐隐约约记得我们的车先停在距火场很近处,也就四五十米的地方。后来班长突然命令我们车子往后撤,一直撤到了距火场一百米左右的地方。这是中队长下的命令。"

"他自己跟着车往后撤了吗?"

"没有。他还是在前面……这个我记得。"刘钰清的双眼认真地盯着我,他确认这是他看到中队长的最后一个身影。

"就在我往后走的时候,突然第一声大爆炸就在头顶炸开了……"刘钰清说,"当时我的头盔一下就被飓风似的热浪掀没了,我身不由己地像被啥力量往前推了一段,是反火场的方向。我一眼看到路边有一辆装运集装箱的大车子,就一个箭步钻到了车底下。当时满脸被尘土蒙住了,还有火星烧似的,心想不能这样憋死

作者(右)和杨光身后便是爆炸现场的大坑

在车底下呀！所以又从车底下钻出来了,好像双脚刚刚站稳,突然又听见身后比第一次大好多的响声,之后我感觉双脚从地面上飞了起来,后来就再也不知道怎么回事了……

"也不知等了多久,待我醒来时,发现身边我自己中队的战友一个也没了,倒是有另外一个消防中队的一位战友,后来才知道他叫赵长亮,伤得很严重,倒在地上,死拉着我的腰带,让我救救他。其实当时我们谁也看不清谁,脸都是黑的,身上的衣服还在烧,不敢抬头,满天都在下'火雨',吓死人了！一团团'火'飞过来,有的砸在地上能刨出个坑……"刘钰清说,"我赶紧拉起那个三大街中队的战友往外走,可就是拉不动。后来硬把他搭在肩上,我们就这样一拐一拐地往爆炸火场的相反方向走,不知走了多久,实在走不动了,恍惚中有人把我们背上了皮卡车。再醒来时就已经是几天后的事了。"

"你所在第一班车上除了你和中队长梁仕磊外,还有谁?"这辆车最靠前,每一位消防队员的生命最令人揪心。我想知道他们的命运。

"还有……还有驾驶员潘友航,班长毛青……其他的我想不起来了。"怎么可能呢?一个班的人天天在一起咋会想不起来?但刘钰清很吃力的样子让我相信小伙子真的有些想不起来了。

"好了,好了,别想了。我问问其他人吧。"我抚摸着小伙子的头,很是心疼——经历大爆炸后的这些年轻的消防队员的记忆都不同程度地受到伤害,需要很长时间恢复。而我这一次到八大街采访的时间是国庆节,距"8·12"已经48天了,或许还要一个48天

爆炸现场

他们才能基本好转。

"还应该有李鹏升、徐帅、訾青海、成圆,这辆车上总共7个人,3人牺牲了,还有2位在医院里没回呢!"后来是排长杨光拿着一个小本本指着原先留下的"中队花名册",才帮我理清了我想知道的。杨光其实也一直处在"点不清"状态,我几次尝试问他能不能说明白全中队到底谁牺牲了、谁还在医院时,他始终没有给我说清楚。看着通铺上坐着的这些活着的小伙子,我既为他们庆幸,同时内心总隐隐作痛……

现在,又一位小伙子站在我面前。

"你叫什么名字?"

"叶京春。"

"嗯?你是北京人?"名字中的"京"字使我特意这样问。

"不是。跟刘钰清是老乡,都是河南周口的。"

"那你们是一年兵?"

"对。2013年入伍的。"

"那你跟北京有什么关系?你的名字里有个京字。"

"是。我是在北京出生的。"叶京春比刘钰清似乎嘴巴灵活一些,说,"我出生时,爸妈都在北京打工。"

"明白了!"我点头,"那天的事你还记得些什么?"

小伙子点头。"我在二班车上,就是第二辆车。我和蔡家远一起铺水带……"

"就是灭火的那种帆布带?"

"对。"叶京春说,"我们一到达现场,就负责铺设供水带。我和蔡家远一共铺了10圈,每圈20米,正好铺完。从火场那边往回走,这个时候就响起了第一次大爆炸……"

小伙子的话停了下来,低下头。我看看他,又看看安静地坐在一边的其他几位消防队员,他们也都低着头,我感觉我问的话有些刺痛了他们的心……

"事情虽然过去几十天了,但大家还是不想回忆当时的情景。"排长杨光拍拍叶京春,问:"行吗?跟何主席说说吧!"

叶京春重新微微抬了一下头,眼睛盯着桌子,说:"当时我不知怎么的一下被推倒在地,等反应过来,一摸脸,全是血。回头一看,好像跟火场之间隔着一辆车,心想要不是那辆车挡着,不知被甩出多远。正在想着的时候,身后又响起一个大得没法形容的爆炸声……等再醒来的时候,发现自己被冲到了路边的一辆大卡车底下。我拼命地喊蔡家远和同一车的唐排长,还有陈剑、周偑……但没有一个人回答。当时四周都在掉火球,我赶紧用衣服裹住头,因为我发现头盔没了。耳边尽是嗡嗡的声音,听不清到底是什么声音。后来才知道是耳膜穿孔了。在车底下待了一会儿,觉得也很危险,就爬了出来。这时看到车底下还有一个人,他的脸上在燃烧,烧煳了!我赶紧把自己身上的衣服脱下来,给他扑灭火。他好像也是消防队员,但根本看不清是谁了,他伤得特别重,身子的前面都是火星,其实我自己也烧得不成样了。当时看到战友烧成那个样,像是忘了我也是伤员。我费了好大劲才把那个重伤员从车子底下拖出来。他根本不能走了,我使劲挽着他,一步一步往火场的相反方向走。但没走多少步,我觉得实在走不动了。而且现场

爆炸现场

十分危险,火球飞来飞去。我的眼睛灼烫得像烤着了,找不到正确的方向,我怕这样下去会再次伤着身边的这位战友,于是见脚下是草坪,就估摸这个地方安全些,便将他放下了。我对他说:'放心,我马上去找人来救你啊!'我自己就开始跌跌撞撞往外走……"

采访了一大圈,我才搞明白那个被叶京春从车底下拖出来的重伤员是三大街消防中队的云南少数民族战士岩强。

岩强能活着,简直是个奇迹。他的故事我们在后面说。现在来说叶京春。

"我凭着感觉往外走了一段后,遇上同样受伤的特勤中队的王林和刘荣龙,因为跟王林是河南老乡,所以知道是他俩,他们伤得也不轻,尤其是刘荣龙,眼睛看不到了。我们几个就相互搀扶着往外走,那时啥都不想,老实说,只想两件事:一是赶快离开火场,怕再来大爆炸。二是希望自己的战友比自己好,能一样侥幸活下来……

"可是,一个多星期后,我刚刚能看手机时,看到的第一条消息却是我的战友蔡家远牺牲了……"叶京春拭泪,颤抖着嘴唇说,"我不相信这是真的,因为我俩在爆炸现场一直是肩并肩地在一起铺水带,我不知道他怎么就被炸没了……"

天津消防开发支队的领导后来告诉我,他们在搜寻到蔡家远的尸体时,发现他身上没有什么伤,完全是被强大的爆炸气浪活活震死的。

太可怕了!

叶京春的父母在大爆炸的第二天中午就赶到了天津——从北

京到天津滨海新区平时开车两个小时,那天叶京春的父母才用了一小时十多分钟。

在医院里,当有人指指躺在重症病床上、头部被白纱布包得严严实实的处在昏迷之中的伤员说,这是你们的儿子时,叶京春的父母流着眼泪直摇头。

"爸、妈,是我呀!"数天后,叶京春醒来,模模糊糊感到床前站着两个人,他吃力地想睁开眼,可剧烈的疼痛让他只能睁开一条极小的缝……这回他看清了。

"爸、妈……"

"是我们的儿子!"父母又哭又喊起来,那是幸福和庆幸的欢呼声。

然而,儿子叶京春丝毫没有高兴的神情,反倒一天比一天悲伤,因为之后的每天里,他都能听到自己战友牺牲的消息,以及诸多令人揪心的、一直处在"失联"状态的消防队员。

八大街中队的指导员李洪喜在第三辆车上。除了在后一辆车的杨光所说,现场听到李洪喜下达那声命令之后,看到他继续往前面的火场前进的身影外,再也没有人能够说得清他们中队最高指导官牺牲时的情形。

我找到了与李洪喜同在第三辆消防车上的湖南籍战士肖旭。

又是一个太年轻的战士!"哪年兵?"我问。

"去年。"

也就是说,到大爆炸时,他才刚刚满一年兵龄。

"你们李指导员当时是跟你坐一辆车吗?"

39

爆炸现场

"是。"

"还记得你最后一眼看到他在现场做什么?"

年轻的战士想了想,摇头:"我们车是负责供水的,我是战斗员,每人身上扛两卷水带。一到现场,我的任务就是铺设水带……"

我有15年军龄,也当过新兵。要做好新兵,其他的什么都不用去想,只想把"首长"交代的任务一丝不苟地完成便是。我因此理解眼前的小战士肖旭。

我以为小战士不可能提供"有用"的素材,但我错了。小战士讲的现场一幕,令人惊心动魄,胜过任何精心设计的好莱坞大片的情景:

"我记得到现场后,只看到有交警在现场,他们好像在劝阻那些围观的群众。我下车后就背着水带,按照平时训练的要求,一直往第一辆战斗车那边铺去,感觉越往里走,空气越热,估计距着火的地方也就几十米远。铺完背着的水带后,我就往回走,快到我们的车——第三辆车时,后面突然传来一声巨响,我就像被谁猛地用力推了一下,踉跄几步,摔倒在地。还没等明白过来,只听我的班长杨建佳在大喊:'赶紧跑!'我也不知发生了啥事,爬起来就往火场的相反方向拼命跑,好像才跑了十几步,跑到路边有草地的地方,突然后面'轰——'的一声巨响,像天裂开似的震响,感觉自己的身体一下被从地上掀了起来,等再摔下来时,见身边全是树,有的树在烧,还有路边的汽车也在烧,地上也有东西在烧……总之感觉整个地、整个天都点着了似的。我用手一摸,摸到了一只头盔,也不知是不是我的，就赶紧往头上一扣，却发现脖子上的系带已经断了。看着天上飞来飞去的火球，我害怕了，心想，刚才没死，这会儿横飞来一个啥东西肯定还是活不了，于是就摇摇晃晃地支撑起来。刚跑几步，又听身边噼里啪啦爆个不断，好像也是爆炸声，是爆炸，当时除了两声大爆炸外，手榴弹一样的小爆炸其实一直没有停过。我就又趴下。就这样，跑跑趴趴，一路跌跌撞撞往外走。跑的时候往两边看看，到处全是横七竖八的集装箱壳，有的被烧红了，有的叠在一起，翻滚着，特别吓人。一看这情景，我就赶紧往回走。这时看到我同车的班长杨建佳和一个支队干部，他们也都受伤了。那个支队干部伤得很重，眼睛已不能认路。也不知咋回事，走着走着，那个支队干部走丢了。我跟班长喊了好一会儿也没有回音。我只好跟班长两个人往外走，结果发现走错了，走进了一片集装箱堆里去了。这可怎么办？我使出吃奶的力气，上到了一个集装箱

■ 受伤的消防员在泰达医院接受救治

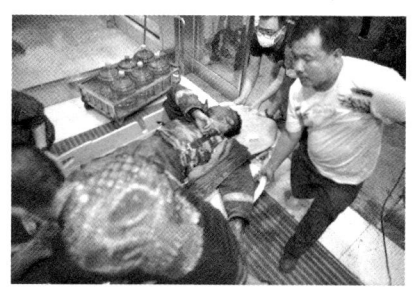

■ 为牺牲的战友整理床铺

爆炸现场

上,往四周一望:到处一片火海……我想这下坏大了!要死在这里面了!朦朦胧胧的烟火间,我看到有人也在往我这个方向走,于是就喊:'不要往这边走了!方向不对!别走了!'我见他们停下来了,就从集装箱上跳了下来,这一跳不要紧,我发现自己的脚疼得要命,原来我一只脚上的靴子掉了,脚底心又被灼伤了。再一看,怎么杨班长没了?我赶紧喊:'班长''班长',但没有人回答我。当时我真想哭了,但哭有啥用?于是只好独自一个人找路,找啊找,终于从倒塌的集装箱堆里找回了原来的路。这个时候我又遇见了另外两个消防战友,一个重伤,一个眼睛烫伤了。重伤的根本不能走路,我就和那个眼睛灼伤的扶着他往外走。我们谁也看不清谁,还没有来得及相互问一声是哪个中队的,身边就来了辆车子,我们赶紧截下来,将重伤员塞上车。开始那个车的驾驶员不让上人。我说这位重伤员快不行了,人家才动了恻隐之心。我当时看到,车上确实也很难再装人了,好几位伤员在上面,有的头和脚还搁在车窗外,而且不停地在流血,那个惨状我一直忘不掉……"

肖旭说到这里,止住了话。一双眼睛盯着天花板,眼珠一动不动。我无法想象留在这位年轻消防队员心底的那一幕有多可怕、多恐惧!

我知道,当时在大爆炸现场,这样的车有很多很多,他们多数是天津市民自发驾车赶来抢救受伤的消防员、群众……

"我后来听说,那个被我和另外一名战友送上那辆汽车的那个重伤员叫岩强,是三大街中队的。"又一个人提到了"岩强"这个名字。

"刚来到消防队时,我有些遗憾:因为我们虽然穿的是武警军装,可并不是扛钢枪的战士,而是拿水枪的消防兵。后来慢慢才知道,拿水枪其实也是为人民服务,一样光荣……"望着天花板的肖旭,独白似的喃喃道。

我看到他的脸颊上,淌下两行热泪。这一刻,我也热泪盈眶。

3．"刚子"走了，一起走的还有他中队的3名主官……

许多人肯定还记得，8月13日凌晨2点来钟，微信圈里有一则"刚子走了""我回补（不）来，我爸就是你把（爸）"的截图微信，被瞬间转疯了！

八大街消防中队战士"刚子"牺牲的消息也随之成了大爆炸后的第一天即13日那天点击率和传播率最高的一则新闻。大家所说的"刚子"就是杨钢，跟排长杨光在同一车上的消防战士。

杨钢到底怎么牺牲的，我采访杨光排长时，他说他也说不清，他知道的情况是听新战士张化维说的。"张化维是中队文书，2014年新兵。他与我和杨钢同属第四辆车的战斗员。"杨光说。

现在轮到张化维接受我的采访了。我直截了当地问他："刚子怎么牺牲的？你在现场看到他了吗？"

张化维肯定地点点头："爆炸前我看见杨钢正在倒车，后来就突然爆炸了……我被冲出了好远，身上全着了火。回头再看我们的车子时，已经面目全非，连铁皮都着了火，烤得红红的……"

"那你怎么知道刚子当时就牺牲了？"这是个细节。

张化维愣了一下，盯住我，然后缓缓地说："第一次爆炸时，刚子正在倒车,坐在驾驶室里,出不来。第二次更大的爆炸,大火在眨眼的工夫就把车子烤煳了……"我用歉意的目光回应了这位年轻的战士。

"刚子"走了的微信截图

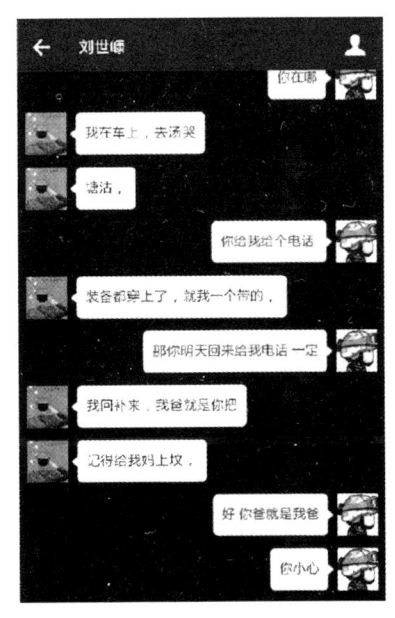

事后支队领导告诉我,"刚子"确实牺牲在他所工作的岗位上——大爆炸袭来的熊熊烈火将他和他的"战友"(消防车)一起化为了灰烬。是DNA帮助大家最后确定找到了"刚子"。

"刚子"牺牲的前两天,才刚过23岁生日。这位普通的农家子弟,生前默默无闻,不想一场大爆炸,让他的英名传遍大江南北。

"刚子"是天津港大爆炸中最早被确认的遇难者之一,这是因为张化维的原因。小伙子是吉林四平人,一看就是个特别让领导喜欢的机灵鬼。

"我是中队文书,平时养成了注意观察周边情况的习惯,以便向中队首长及时汇报。这一天爆炸现场也一样,当我被莫名其妙炸得浑身是伤后,站起来赶紧喊了几声'杨排'和'李队'等人的名字后,见没有人回应,就知道坏大事了!再

爆炸现场

看看我们的车子全着了火,其实当时根本分不清哪是我们的消防车,哪是其他车,总而言之现场没有几样不着火的。天上都在落火球,地上活着的人都还带着火到处瞎闯。我毫无方向地瞎走,当时想赶紧离火场越远越好。走了一段,发现我们中队的李鹏升和支队的耿科长。耿科长是支队信息通讯科的,我是文书,平时常跟他有联系,所以认识他。李鹏升身受重伤,不能走路了,疼得坐在地上哇哇直喊。耿科长的眼睛烧伤了,到处乱走,喊他也听不到。我就赶紧把李鹏升背到稍安全些的地方后,又回来把耿科长往外扶。这个时候来了一辆公安的车,车上的人见我们是受伤的武警消防队员,便扶我们上了车。耿科长满头是血,却还想着部队的事,对开车的公安民警说:'送我们回单位,我们要赶快向上级汇报这里的情况,让首长增派部队来救援。越快越好……'开车的人便问:'那把你们送到哪里?'耿科长说:'八大街消防中队,小张你指挥路线,我眼睛看不到了……'就这样,那车把我们拉到了中队部。"

我再翻开独自坚守在中队的张梦帆的采访记录时,看到了小张说过的这样一句话:"记得最早回来的是李鹏升和支队耿科长。当时在家值班的一名岗哨兵后来送他们到了医院……他们回到中队的时间大约1点半。"

这就对上了。

"刚子"牺牲的消息应该是张化维从现场带回到中队的,之后消息在战友中传开了。

于是也就有了另一批前往前方支援的消防战友们发出的"我

回补(不)来,我爸就是你把(爸)"这英雄悲壮的微信。

这微信像一面战斗的旗帜在当时通往天津滨海新区火光冲天的爆炸现场的高速公路上猎猎飘扬,感召了无数消防战士和天津市民为了拯救战友生命和人民财产而去英勇奋战。那一幕,着实显示了危难之时中国人民和消防官兵们的伟大精神是何等地坚不可摧!

"刚子"——杨钢的老家在重庆忠县马灌镇白高村。在"刚子"牺牲12天后,他的骨灰被父母接回老家,在英雄的故乡,万人夹道迎接他们的年轻儿子回家。我用手机搜索了一下当时的新闻,其场面催人泪下。当地的一篇新闻稿上有这样一段话:

　　夜幕降临了,一位老人仍然坐在灵柩旁,轻轻地抹着眼泪。一群稚童读着悼念横幅上的字迹:闯儿,你是我

杨钢生前照片

爆炸现场

们的骄傲……

杨钢53岁的父亲杨大国眼睛通红。他说,杨钢的乳名叫闯儿,父母希望他长大后闯出一番天地。16岁办身份证时,觉得闯儿不正式,才改为杨钢,男子汉像钢铁一样。

"闯儿从小就喜欢练武,七八岁的时候,他做了一个沙袋,每天在家里打。"杨大国说,"他爷爷参加过抗美援朝战争,他十分崇拜爷爷,立志长大后也要当兵。"

入伍四年里,杨钢每周给家里一个电话,他总把自己在中队的好消息告诉家人……

英雄现在回家了,他无须再给家人打电话了。他在长眠的土地上用年轻的生命和鲜血浇灌的花朵告慰亲人。

"刚子"的牺牲和所有与"刚子"相关的新闻,都令人感动。然而"刚子"仅仅是大爆炸中牺牲的一百多位消防队员中最普通的一位。

在杨钢所在的中队,除他之外,还有7位消防队员成了烈士。其中有杨钢的指导员李洪喜,代理中队长梁仕磊和排长唐子懿,还有其他4名战士。当8月13日"刚子"牺牲的消息传遍全国各个角落时,他中队的其他战友生死音讯,几乎全无。

"我是看着他们从营区出发的,但从第二天之后的几天里,营区内几乎一直就我一个人守着,我感到好恐惧,好恐怖啊!"值班员张梦帆说,"杨钢牺牲的消息刚刚得知,午饭后他的姐姐就到了部队,我们不知道是告诉她还是瞒着她。中队干部的手机一个都打不通,何主席你也是当过兵的,你想想一个中队突然一名指挥员都找不到了,我这个值班的小兵该怎么办呢?前方的情况又紧张万分,从营房向爆炸现场望去,仍然烟火滚滚,又不时爆燃起一团团火焰,我真想放下值班电台,奔到火场去找我的战友和中队首长们,可我又不能离开营房,怕万一受伤的战友回来一时没人送他们去医院……"

8月13日零时之后的天津滨海新区,皆处在十万危急之中,更何况正在参战的消防队。

现在,人们最担心的还是爆炸现场的情况——

作为最先到达火情现场的八大街消防中队排长杨光,在大爆炸前,是全中队最后一辆抢险救援车的指挥员。当时他正在执行指导员李洪喜的命令,带着几名战士背对着火场在警戒,正是这站姿使他成为了死里逃生的全中队唯一一名还活着的指挥员。

"我们到达现场后,发现当时

烈士杨钢的姐姐和母亲闻知噩耗后悲痛欲绝

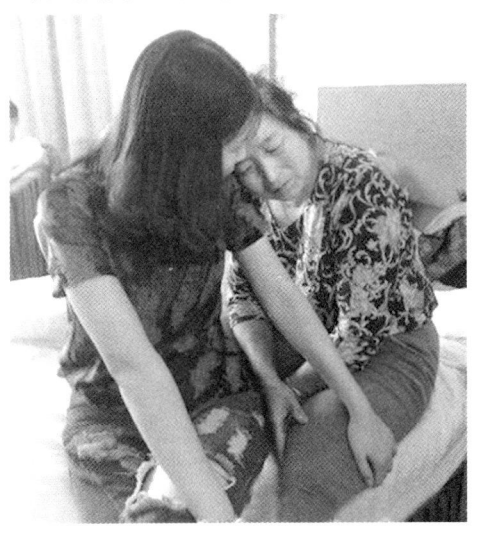

爆炸现场

比较混乱,所以为了保障前面的战斗车能够正常投入战斗,我的任务就是确保我们全中队现场灭火战斗不受干扰,所以才转过身去执行警戒任务。平时在其他灭火现场也是这样做的,这一天我当时感觉警戒任务比往常更重要,因为一般火灾越大,围观的群众也越多,围观的人一多,最容易发生次生灾害,这就更需要做好警戒工作。但我没想到,这一次执行警戒任务,却有意无意间给自己捡回了一条命……"杨光说。

"第一次爆炸声很大,冲击波也厉害,但还能自控。"杨光描述道,"那一瞬我突然想到了自己在新兵连训练时学过的战斗本领,就是一旦发生爆炸时,就要马上卧倒,这样可以减少受伤和牺牲的概率。于是就在身子受冲击波向离爆炸相反方向推的那一刻我做了个卧倒,身子扑在地上。双手捂着头盔,因为当时天上正在掉爆炸物,极其危险。许多人在这次大爆炸中牺牲了,主要是谁都没有想到还有第二次更大的爆炸。这第一次爆炸与第二次爆炸之间相隔不足三十秒,我们都是在第一次大爆炸后刚刚有意识,想做出动作时,第二个更大的爆炸就来了,这一次的威力简直不可描述,太大了!任何一种防备都没有用,只能顺其生死……"

杨光是我正式到天津港爆炸现场采访消防中队的第一个消防队干部,也是他特意带我到了爆炸现场去参观。那天是中秋节,距大爆炸发生已经40多天了。我俩在距那个大坑一百来米的地方,观看了一下已经被完全"整理"了的爆炸现场,但依然能感觉一片凄惨和爆炸之威力。几千辆车尸被高高的集装箱挡着,透过夹缝,还能看到它们的本来面目,其惨状实在恐怖;大坑周边那些骷髅楼房,虽然没有倒地,却在北风吹拂下摇摇欲坠,让人绝对不敢靠近它们。我与杨光所踩的地面尽是烧焦了的灰烬与废墟,我清晰地看到里面残存着消防队员的战斗服,不知是哪位烈士留下的。杨光和我面对遗物,默默哀思。

"第二次大爆炸后,我当时感觉自己就像小时候调皮从高处摔下来,口腔里都咬破了!"杨光一边在寻找自己当时在现场的方位,一边回忆道。

"全变样了。原来的街道和方位认不出来了。"他轻轻地摇头,既像是对大爆炸留下的现场感到失望,又像是对永远找不回的战友的那份无限哀思,不无伤感地说,"我也是爆炸后第一次到这儿,如果不是你今天来采访,可能我永远也不想到这里来了。"

杨光个头不高,说话极少。不知是以前就这个性格,还是爆炸后整个人都变了?

"你曾经在解放军部队待过?"我想起杨光说过的一句话,便问。

"是。"他说,"我开始是在解放军入的伍,是北京军区的一个军械库当战士。我是大学上学时被招兵的。大一读了三个月就被招兵到了军营。后来因为又想上军校,转到了消防队。最后,在昆明消防指挥学校毕业后分配到天津八大街中队的……也许因为在部队和警校经过正规训练,所以遇到大爆炸这样的事,现场自我处理意识比别人强一点。"但杨光立即又一转话语,"可假如轮到像第二次那样的大爆炸,绝对是难有机会活命的。我能活下来,除了当时我们的消防车距火场比较远一点外,主要是当时人站着的姿势正

爆炸现场

好背对着爆炸现场。许多牺牲的战友都在距离着火现场的最近地方,能活下来的就是命大。

"大概趴在地上约一分钟,我就起来了,因为两次大爆炸后的粉尘太多,躺伏在地面根本吃不消,人呛得要命,加上天上一直不断地有火球飞来飞去,危险性太大。"杨光说,"但起身后发现,除了到处是火以外,什么都看不清,路灯被炸灭了,除了火烧的地方,其他地方一片漆黑。还偶尔能看到地上有火球在滚,后来才知道那有的是被火烧着的人在滚动自救。开始耳朵一点都没有声音,只有脑子还有点意识。我首先想到的是我们中队的那些战友到哪儿去了?往四周看了一看,结果谁都没有发现。再看看我们的战斗车,全在燃烧,烧得通红。指导员呢?中队长呢?一排长唐子懿呢?我想喊,但嗓子像塞满了沙子,完全是哑的。那一刻,我马上意识到,如果找不到中队长指导员他们怎么办?我是排长,我是不是应该主动挑起寻找中队战友的责任?可战友们在哪里呢?不会都……我不敢往下想。于是看了一眼还在发生各种小爆炸的火场后,便开始往外撤。说实话,我想只有离爆炸现场越远的地方可能还有继续活下来的希望,我的战友如果与我一样幸运,那么他们应该在爆炸的相反方向。求生是那一刻的本能——许多活下来的战友事后都有同一个意识:距大爆炸现场越远,就越有活下来的希望……"

为了活下来,那些劫后余生的消防队员们展开了一幕幕自我拯救的惨烈战斗……

4．从火海中爬出来，又将自己送进了医院……

"当我意识到全中队干部中可能就剩我时，心想：为了其他可能活着的战友，我必须爬出爆炸现场，与其他战友一起活下去！"杨光说，当他彻底意识到爆炸现场和战斗车辆四周找不到一个活着的战友时，他的这份意识强烈地支撑着自己拖着浑身是伤的身体，朝大火的相反方向艰难地前进着。

他摸着黑走啊走，结果发现到处是散落的集装箱，那凌乱不堪的集装箱将整个现场破坏得无法辨认到底哪条路是通往可获救的地方。

"救救我！快救救我啊！"一堆集装箱缝隙内，有个烧得满地打滚的群众在呼喊。杨光赶紧上前搭了把手，帮助灭掉其身上的火后，将其安顿在较为安全的一个集装箱内。

"谢谢。谢谢你的救命大恩！"那人在哭。

"最好赶快离开这儿吧！"杨光说。

"太疼了！歇一会儿就走。"那人说。

"千万要注意安全。"杨光说完就继续绕过一个又一个集装箱往外走。

"啊！啊——快来救救我吧！"突然听到有人在喊。杨光走近

爆炸现场

一看,一阵惊喜:"陈剑!是你吗?"

"我、我是陈剑,你是、是杨排长吗?"

"是。我是杨光!"

"呜呜……我们中队的其他人到哪儿去了呀?他们还活着没有?"陈剑终于忍不住了,拉住杨光,痛哭起来。

"我、我也不知道他们……"杨光的泪水也顿时像决了堤的洪水,一泻而不止。

"是排长、陈班啊!"这时,又有一个"黑脸"消防队员站在杨光、陈剑面前。

"孔维强你也活着!太好了!快快,我们一起把陈剑扶起来!"杨光一下兴奋起来,这时他看到了自己中队的两名战士,顿时心底

▒漫天火光的现场

有了信心:八大街消防中队还有人活着!中队还有希望!

"陈剑,坚持一下,我们扶你出去!"杨光、孔维强一左一右搀扶着腿被砸断的二班车上的班长陈剑,艰难地在一片燃烧着的集装箱"火葬场"里寻觅着生路。

"也不知道走了多少路,摔倒了多少次……我们仨相互鼓励着往前走。时而哭几声,时而又笑几声……哭是一想到可能再也见不到其他的战友,笑是无奈的自嘲,他们俩开玩笑地说,如果八大街中队只剩下我们三人的话,说推荐我当中队长,他们俩就各当排长,问我同意不同意,我就说同意,批准了!他们就笑,笑得有些凄凉,一点也不感觉是幸福的'荣升'……但陈剑因伤势很重,流血很多,一直在喃喃道,可能活不下来了,要死了。我和孔维强就安慰他,说不可能,有我们俩在,你陈剑就放心吧!后来陈剑就不太说话了,他一不说话,小孔就特别紧张,问我会不会出事?我说不会的。小孔是2014年的新兵,表现真不错。我对他说,我们必须闯出去,为了陈剑也必须闯出去。小孔就坚强地喊了一声:听排长的命令!"我见回忆中的杨光双眼噙着泪花。

"后来我们终于走了出来。也见到了一些车辆,可他们好像都不愿停下来。我和小孔急得不知如何是好,想喊,想骂,可又没有力气。"杨光说,"后来终于拦到了一辆警车,他也不愿带我们。他说了一句话才让我们明白过来。那位公安同志说:你们能自己走路就自己赶紧想法到医院去,我们是去爆炸现场救人的,那里许多人都被炸得爬不起来了,救他们最要紧!原来是这样。

"叔叔,你能开车送我们到医院去吗?你快来吧,我们现在

爆炸现场

在……"三个人中好在还有一部手机。杨光便给住在天津市里做生意的叔叔打电话求救。

"我叔叔是一家公司经理,我知道他有车。他能救我们……"杨光说,"虽然叔叔答应马上来车接我们,可是我们身边的陈剑失血太多,非常危险。于是我打完电话,仍然不放心,对孔维强说,我们不能等了,必须再想法子。这时我突然见小孔坐在一边也不说话了,赶忙去推醒他:小孔?孔维强?你没事吧?小孔醒了,十分吃力地告诉我:排长,我也有些吃不消了……听他这么一说,好像我也得了'吃不消症'似的,双腿一软,倒在了地上,并且顿时感觉全身疼痛,好像真的要死了似的。不行!不能这样倒下了!我是排长!身边有中队的战友,八大街中队的其他战友还不知是死是活,我怎么能就这样'歇'下来呢?不能!绝对不能!'孔维强,起来!坚持一下,我们再去找车,赶快把陈剑送到医院去!'我站起身,又扶起孔维强。小孔也很勇敢地说:'走!送医院去!'我们就这样又开始一左一右地扶着陈剑继续往有行车的地方走。走了一段又开始拦车,一辆私家车停了下来。开车的人让我们看他的车内,我看到里面根本没法再上人了,便让他走了。好不容易又拦了一辆警车,可是开车的司机和警察也都受了伤。'上来吧,我们一起到医院去吧!'那警察很爽快地说。"

"我估计那开车的司机伤得不轻,他不太认识路。距爆炸地最近的泰达医院其实只有三四里路,他开了好长时间……不过我后来想,可能是我意识里出了差错。错怪了那位司机,因为当时确实路非常难认,二是爆炸后的周边道路根本无法开,另外可能我们心里太着急了。一路在想：怎么还不到？还不到？"杨光说。

杨光他们总算到了泰达医院，结果人家根本没有让他们进去。

"那时泰达医院全乱了，门口几乎堵死了。而且还有警戒线被公安人员看着……车子进不去。"杨光一看就更着急了，对孔维强说："我们扶着陈剑自己进去吧！"

"不收了！不收了！你们赶快到其他医院去吧！"好不容易进入医院后，医生就把他们"轰"了出来："这里人太多，医院可能要塌了！你们想法赶紧往市里其他医院去吧！"

"排长，我的手掌都烂了，我去找点消毒药水擦一擦。你的手和脸也都是血，看看能不能处理一下。"新战士孔维强提醒了杨光，于是两人快步跑到医院就诊室，结果连找了几个房间啥都没找到。"那时医院也全乱了，医生都不知跑哪儿去了。我们只好退出了泰达医院。"杨光说。

警笛与救护车呼啸的道路上，三

医院现场

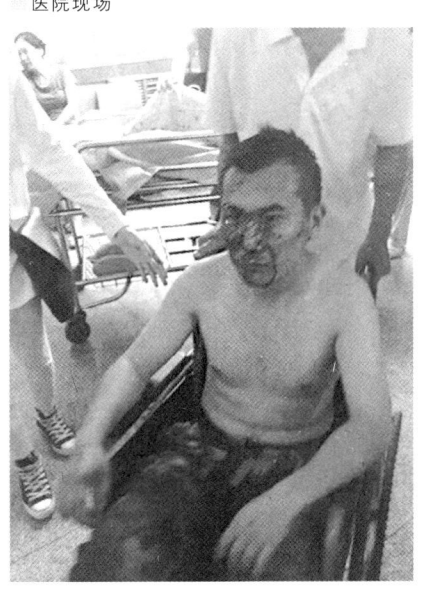

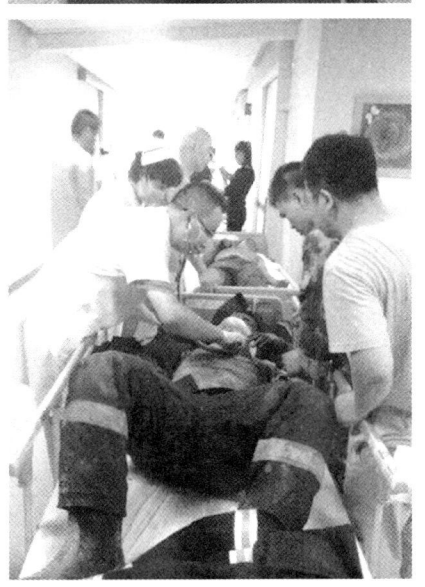

57

爆炸现场

位跌跌撞撞的消防队员艰难地拦住一辆出租车。

好心的出租车一看是消防队员,什么也没问,就将他们扶到车上,随后开足马力,以150公里的时速向塘沽方向驶去……

"中途我曾问过师傅,说把我们送到哪个医院呀?他回答说:越远越好,那里的医院人会少一些。之后我们都不说话了。但大家心里都在这样想:这一夜的天津的医院将都是个不安静的日子啊,不知大爆炸留下了多少人的死与伤!这种情形下,爆炸附近的医院都肯定人满为患了!后来知道的消息也证实了这一情况。"杨光说。

有一点是杨光和司机等人都没有想到的:远离爆炸地的塘沽石油医院竟然在他们到达之时也已经挤满了无数伤员。"那个时候也就是两三点钟,连塘沽医院都塞满了伤员,当时我们的心更揪了起来。"杨光说,"好心的司机跟我们打了个招呼,便走了。我们确实也不好意思再麻烦人家了,他们自己也是伤员。没办法,我只好再给那个叔叔打电话,问他到什么地方了。阿弥陀佛,他说还有一二十分钟就可以赶过来了。我们就只好等在塘沽医院门口,当时我的眼睛越来越看不清,就让小孔进医院拿几瓶矿泉水先自己清洗清洗。陈剑惨了,他的腿完全断了,疼得直叫,医院又进不去,怎么办呢?光等在医院门口也不是一回事,便对小孔说待在这里一会儿我叔叔的车也进不来,我们先往外走吧。于是我背着陈剑,让小孔搭着我的手,我的眼神不好,怕走错和撞上什么东西。背了一段路后,我感觉背不动了,就对小孔说,我们就在路边等吧!坐下不久,就见一位市民拎了两双拖鞋过来,说你们是消防兵吧,快把拖鞋穿上,别让石子啥的划破了脚。我和小孔这才发现我们的一只脚是光着的,而另一只脚上还穿着千疮百孔的消防战斗靴。要换鞋就得脱下消防靴,脱靴就得脱裤子,因为它是跟裤子连着的。就在脱靴的那一刻,才发现我的膝盖受伤了——有块铁片刺在肉里。不能碰,一碰血流得更多,又疼。我想跟小孔说,又一看小孔满身也都是伤,就把话咽进了嗓门。更不能跟陈剑说,陈剑处在半昏迷状态。战友们处在如此艰难情况下,我只好默默地捂住伤口,佯装什么事都没有。就在这个时候,我那个叔叔到了,我们就像有了救星。三人合力将陈剑抬到车上,然后我们也跟着上了车。叔叔问我上哪个医院,我说不知道,反正估计天津的医院都住满人了。叔叔便说,我看你们主要是骨折和外伤,就上骨科医院吧!天津骨科医院在哪里我们也不知道,叔叔说他知道。后来发生了什么事,我就不清楚了……"

由于过度的紧张和伤势严重,还没有到达骨科医院,杨光、小孔在路上就已经昏迷了过去。后来他们都被送到急诊室抢救……十几天后,杨光得知中队其他3位主官全部牺牲的消息后,便强烈要求提前出院。

"八大街中队不能因为大爆炸而没了!我要马上回中队!回中队把活下来的兵带起来!哪怕就只剩下一个兵了!否则我怎么对得起牺牲的中队长、指导员他们嘛!"杨光泪流满面地对医生说。

小孔后来也提前出了院。陈剑因为伤势太重,我采访的时候他仍在医院治疗。

5．特勤队的特别伤亡

天津消防开发支队特勤队，是整个天津公安部队中人数较多、装备精良的队伍之一，故称"特勤队"。在此次瑞海公司火灾发生后，消防开发支队特勤队是第一时间内第二支到达现场的增援消防队伍。

"执行总队的命令，那天夜里我们出动了4辆消防战斗车。"特勤队文书廖健丞接受采访时说。

前面提到的烈士江泽国，就是这个特勤队的最高指挥员。特勤队在消防支队的编制系列中有点"特别"，它既不是营级单位，又似乎比中队级消防队要"加强"些，所以身为消防支队司令部政治协理员的少校警官江泽国，属于"下派"干部。支队长官告诉我，江泽国是2014年通过了支队营职干部"双考"后被任命为支队司令部政治协理员的。此时开发支队特勤队由于人员变动，急需一名年富力强、有丰富基层经验的干部去主政。江泽国就是在这种情况下主动向领导提出到特勤队的请求的。

"在很多人做梦都想往上走的时代，江泽国却主动往下走，仅凭这一点，他的思想境界就值得我们学习。"战友们这样评价烈士。

在天津港大爆炸传出大量消防队员伤亡的消息后，社会上有诸多质疑,其中比较多的一个便是:当官的为什么瞎指挥?为什么明知那么危险还要让消防战士们往前冲?那么大的爆炸,现场的指挥员都是白痴啊?这种议论乍听起来好像很有道理,也够有"同情心"的。其实不然。首先是当官的有没有"瞎指挥",其次是"当官"的是不是在爆炸来临之时还让消防战士往前冲,我们那些身经百战的消防指挥员真的像一些人想象的那样是"白痴"?老实说,最初时,我也脑子里闪过一念,也曾怨恨过谁在"瞎指挥",但后来,尤其是进行深入采访、与现场亲历者面对面交谈之后,彻底改变了我的一些不正确的臆想。

现场真相究竟是怎样的,也许是不少读者所关注的一个重要问题。我们还是来听听亲历者是怎样讲述现场发生的那些永远不会闪现在镜头里的人和事吧——

首先是在这场大火灾中,所

江泽国生前照片

◎奋战在第一现场的消防员

爆炸现场

有一线指挥员都毫无例外地冲到了最前线,甚至是第二线的更高一级的消防指挥员比如天津公安消防总队的领导们、比如身在北京的公安部消防局主要领导,同样毫无例外地在大爆炸一两个小时之内到达了爆炸现场。关于他们的故事,下面的篇章中会有许多情节无法避开地讲述他们——尽管天津消防总队和公安部消防局的领导一再叮嘱我"要多宣传牺牲的烈士和基层消防队员"、"尽量不要出现我们的名字"等话,但有些关键情节我无法避开他们,否则就会出现整个现场情况的"中断"。其次,我可以明白清楚地告诉所有想了解此次大爆炸现场的人:当时冲在爆炸现场最前面的基本上都是一线消防队的指挥员。最后,这是一场当时谁都不清楚里面到底是啥东西在燃烧而引发的大爆炸,即使如此,现场的指挥员们仍然因为他们的果断、专业和及时的处置,使得消防队员的伤亡减少了许多——这是不容置疑的事实。

江泽国,作为增援部队中的一支"铁军"的最高指挥官的牺牲,其本身就是一个说明。

在特勤队,官兵们称江泽国为教导员或指导员,因为在基层中队官兵们不习惯叫他的正式头衔——政治协理员,这个官衔是司令部机关的。江泽国喜欢跟战士们打成一片,喜欢带着战士们在抢险灭火的一线战斗。"跟我上!""听我指挥!"特勤队的官兵熟悉江泽国这种特有的"江式命令"。2012年"平安夜"那晚,位于滨海新区的戴斯碧海湾酒店百乐门娱乐会所发生火灾,江泽国带了8辆消防车第一时间到达,连续进行了数小时与大火的殊死搏杀,最终将火情压住并彻底扑灭。让官兵和当地群众记忆犹新的是,在灭火中间,现场群众反映说大火中仍有一名人员被困时,江泽国当机立断,对身边的三名消防队员一挥手:"跟我上!"只见他带着战友顶着浓烟烈火,强行闯入火场120余米,经过十几分钟的艰苦搜索,最终在一个办公室内将处在极度危险中的被困人员成功救出。江泽国是第一个冲进去,也是最后一个从火里跳出来的人。

"8·12"深夜发生在滨海新区的这场大爆炸现场,江泽国率领特勤队的4辆消防车因为路程关系,是第二支第一时间内到达火灾现场的增援消防队伍。

从营地出发,到火场、再到江泽国牺牲的时间先后也就是三四十分钟。这期间,与江泽国在一起时间最长,也是最后一名听到和看到江泽国在爆炸现场说什么、干什么的人,是特勤队指挥车上的火场文书廖健丞。

10月15日下午,我见到了仍

被烧毁的特勤队消防车

爆炸现场

在养伤之中的廖健丞。他讲述了特勤队和江泽国在现场的珍贵细节：

"总队给我们下达的命令单上没有明确的火灾发生地的详细地址,我们从营房出发后马上跟报警人联系,他说在五大街发生火灾。就在这时,我手持的移动电台里听到八大街中队的人在说,火灾是在七号卡门那个方向。这样我们才赶紧往目的地急驶而去。"廖健丞说,"到那里后,江指挥就让我跟着他前往火场侦察火情。当时我们看到的火很大。江指挥走在我的前面,也许看到火势太大或是他觉得先前赶来的消防力量不够使,便转身对我说：'你去领指挥车往前一点。'我一声'是'后,赶紧往回走,随后带着指挥车往里开,大约距火场中心地一百来米。这时江指挥就命令：把水枪架起来。可在架水枪之际,又发现火势实在太大,水枪起不了多少作用。'改用车载水炮！'江指挥又命令道。于是我们的战斗队又改用车载水炮,而这个时候车上的人都在车下面观察水炮的射击状态。就在这个时候,江指挥一边看着水炮的喷射情况,一边在观察前面的火情,突然急促地转头跟我说：'小廖,情况不太对劲！你赶紧让后面的人和车辆往后撤一点……'没等我说'是',他自己则又朝前面火场走去,我知道他是想继续侦察清楚火情。跟随江指挥无数次出勤参战,我知道情况变得紧急了,便赶紧往火场的相反方向跑,想把江指挥的'后撤'命令迅速传达执行。哪知就在这个时候,第一次大爆炸响起了……"

说到这里,年轻的小伙子低下头。

"我不知道其他人的情况,反正我被炸飞了……"廖健丞说,

"当时我趴在地上,有意识,但人动不了了。想站起来却根本动不了。就在这时,第二次大爆炸又响起了,这回又把我炸飞了!

"好奇怪呀。这次更猛烈的爆炸,竟然把我炸得能站立起来了!"廖健丞讲了个不可思议的情况,连他自己一直都不敢相信,"我感觉天地都是烘热烘热的。眼睛睁不开,更看不到现场是什么。总之完全想象不出的那种情形。我摸着瞎喊:'有没有人啊?'没有人回答我的喊声。我试着走了两步。好像感觉脚下有物,便使劲扒开眼皮,露出一条缝。发现是第二辆车上的战士王林。他肯定也受伤了,但我看不清他。他见我不能走路,不认方向,便牵着我。估计王林当时发现爆炸现场一片火海无法辨认道路,便问我:'往哪儿走呀?'我的眼睛被火灼伤了,根本睁不开,所以无法回答他,只好说:'我们朝着火的相反方向走吧。'于是王林就开始拉着我往外走。不一会儿,见到了跟我都在第一辆车上的司机全凤江。他的伤非常重。上衣还穿着,但消防战斗服和脚上的靴子没了,所以腿脚烧伤很严重。那个时候,能见到一位活着的战友,就是一件欣慰的事,自己伤得再重,也尽量去为受伤更重的战友服务。我们就这样继续往前探路,一点不假,就是在寻找死里逃生的路。也算巧了,我们又遇见第三辆车的战友王录雨和第二辆车的邓海斌。他们也伤得不轻,个个满身挂彩,血流满面。我问他们:'知道往哪儿走吗?'没有一个人知道。我就说,咱都先别乱走吧!到处都是火球飞滚,弄不好给砸死了。其实我们当时内心都这么想:爆炸没炸死咱,再不能躺倒在火场上了! 我说:四周的集装箱乱成一片,但毕竟它比我们肉躯身子经得起摔砸,先找个好一点的

爆炸现场

集装箱躲一躲吧！全风江挑了一个结实一点的集装箱就先钻了进去，我们随后也跟着躲了进去。但进去待了一会后又觉得不是长久之计，因为集装箱被不知何处飞来的火球、杂物砸得哐哐乱响，像落在我们头上一样。我就问谁的手机还在？有人就马上塞过来一部手机。我就让王录雨拨"119"和"120"，开始一直不通。很长时间后总算通了，我们像找到救星似的拼命喊着'赶紧来救我们'！对方问我们在哪里？我们哪知道在哪里！算我平时当文书见识多一点吧，我就说：你们不是可以用卫星定位找到我们吗？那个时候求生是唯一的，所以脑子里蹦出一个好主意就是捡回一条命。没过多久，还真就有人来营救我们了，是我们自己支队的战友。见到他们的那一刻，我们几个都哭了——那是庆幸活下来的激动的眼泪……后来我们就被抬上了支队的特警车，一直被拉到了泰达医院，又径直进了重症室。我不知道其他人到底哪天醒过来的，反正我是第四天眼睛才能睁开，双眼是被掺和着化学毒物的烈火灼伤的……"伤愈后的廖健丞在讲述那一夜惊心动魄的生死瞬间时，平静得让人不敢相信这是一个二十来岁的年轻人。

"唉，现在我只要一合上眼，就会耳边响起江泽国指挥在火场命令我的那句话：'小廖，情况不太对劲！你赶紧让后面的人和车辆往后撤一点……'我内心真的很自责，假如当时我以最快的速度将江指挥的命令传达到后面的战友，或者假如我当时拉着他一起离开火场往后撤……那有多好啊！唉！"

小伙子说到这里，突然戛然止言，一个劲地叹气。

"这不是你的错。"在我把手轻轻放到他肩上的那一瞬，我见廖健丞的耳朵、后脖和后脑毛发间尽是被石粒子或其他什么东西所砸出的疤凹。我试着摸摸其伤处和那条骨折过的腿,问他:"还疼吗?"

小伙子摇摇头,沉默不言,忽然又抬起头,告诉我:"我们是消防特勤队,每次跟着江指挥总是冲在别的队伍前面,所以若有牺牲,我们总是最多,这次更不例外。江指挥带领下的特勤队第一辆车上,连我共8个人,牺牲了5位,除了江指挥外,还有李远航、宁子默、陈博文和林海明。这几个人中,就林海明年岁大一些,他是我们班长,去年才结婚,林班长牺牲时,我们的嫂子怀孕才三四个月。李远航、宁子默、陈博文,分别是1994年、1995年和1996年出生,陈博文从入伍到牺牲,总共才穿了320天的警装。他们牺牲得都很壮烈,后来发现他们的尸体时,没有一个是背着火场的,都很英勇……"

现在,这位因指挥员江泽国的一句话而从大爆炸现场捡回一条命的消防队员已经将自己的"生日"定在"8月12日",以纪念救

被烧毁的特勤队消防车

67

爆炸现场

他一命的江泽国和永远铭记其他牺牲的战友。从廖健丞口中,我还知道了当时与他一起在第一辆车上的另外两位战友全风江和董志雄仍在医院治疗(我采访时),他们的伤势非常重,也是捡回的命。

在特勤队,因江泽国而在大爆炸现场捡回命的不止廖健丞等3人,还有一位叫唐明,他是特勤队的中队长。平时他与江泽国交替着在第一辆指挥车上执勤。"'8·12'这一次正好是江泽国,而如果不是他就一定是我……"唐明说。

2002年入伍的中队长唐明,天津本地人,是个训练有素的指挥员。消防车队到达现场时,他指挥的第三辆车与第二辆车同江泽国所在的指挥车之间有一个拐角,直线距离很近,中间隔着马路和一条绿化带。从指挥角度,他们成为独立的一个单元队伍。这个时候,消防队员根据各自的作战安排,忙着寻找水栓和架设水带,由于火场范围比较大,现场消防队来的有好几个,唐明感觉有些乱,尤其是见自己车上的班长尹艳荣正在往前面走时,便立即制止其余队员:"你们不要乱跑了!"他的这一声喝令,救下了其余消防

■ 烈士尹艳荣生前照片,牺牲时结婚刚刚十二天

队员——因为就在剩余的队员停留在车子后面的那一瞬间,大爆炸发生了……

"第一次爆响时,我们几个一起趴在车边,正好车子挡住了爆炸的冲击波,所以爆炸后我们几个还完好无损地挤在一个地方。"唐明说,"但也就是眨眼的工夫,第二次大爆炸响了!那声音简直无法形容,反正我感觉像是地面上突然掀起一阵巨大的气浪,把人悬了起来,后来就不省人事了……

"我醒来时,发现身边没有一个人。所以就拼命地喊:'特勤队的人在哪儿?'没有人回答。我又喊:'还有人吗?'"唐明说。

"中队长,我还在。杨秉霏……"现场终于有人回应唐明。

"我见一个'火人'——浑身上下都在着火,脸全是黑的,头顶上也在冒烟……他说他是杨秉霏,我有些不敢相信。但走近一看,确实是杨秉霏,我的副中队长。"唐明和杨秉霏见面那一刻,仿佛是被敌军的炮火狂轰滥炸后的上甘岭志愿军战友生死重逢一般,哭也不是,笑也不是,只是互相扑打着对方身上的火,并且嘴里不停地念叨着:"中队的人都跑哪儿去了?他们都还活着吗?"

"别管我了,你去找找他们吧!"杨秉霏伤得很重,他推开唐明说。

"那不行!你根本走不了路,站在这里太危险!先躲一躲再说。"唐明拉着杨秉霏,躲进五六米处的一个集装箱内。

"哐!""咚——"集装箱的铁皮上不时响起阵阵震耳欲聋的火球狂砸声。

"就是被砸扁也比跑出去要安全些。"唐明说。

爆炸现场

　　一段时间后,唐明觉得集装箱外壳被砸的声响不像刚才击鼓般密集了,于是就扶着杨秉霏钻出集装箱,开始向外摸着行走。

　　"现场一片漆黑,走路只能借着那些正在燃烧的汽车什么的亮光。回头再看看满头是血的杨秉霏,感觉他有些支撑不下去了,于是我就想到了我们消防车上的呼吸器……"唐明说,"当时现场应该有不少消防车,除了我们中队的外,至少应该有十几辆消防车,但多数被爆炸烧得面目全非。好不容易见一辆烧得不太厉害的消防车,我就上去从后排座位底下找出了一台呼吸器。在这个烟雾弥漫的爆炸现场,有台呼吸器无疑是救了我们一命,特别是对伤势极其严重的杨秉霏而言。"

　　"中队长拉着我往外走的那段路程,我感觉像是走了回万里长征……太长、太艰苦了!"副中队长杨秉霏接受我采访时这样回忆说。

　　杨秉霏拿出一张他在医院养伤时的照片——那具被白纱布绑裹得严严实实的"白色木乃伊",看上去颇为恐怖。"在医院住了45天才算基本恢复。"杨秉霏说。

　　"其实从当时在爆炸现场看到的惨景,我就立即意识到我们的战友肯定有很严重的伤亡。因此在一边扶着满头是血的杨秉霏往外走的时候,我就有一种必须把活着的战友照顾好的决心,再不能出现第二次伤亡。杨秉霏不仅是我的副中队长,更是我们中队留存下来的战斗种子,活下来的人都应该是中队最宝贵的种子,我是中队长,我必须给他们最好的保护,绝不允许再有任何伤亡了……当时我就是这么想的。"唐明这么想,也就这么做。这份"保留战斗火种"的信仰,支撑着这位同样身负重伤的消防中队长继续在现场指挥,帮助了一个又一个的受伤的消防队员离开死亡线……

第二辆车的战斗员刘荣龙过来了。他是扶着另一位已经不能走路的战友王林一起从爆炸现场走出来的;刘荣龙很了不起,除了他救起了自己中队的战友外,还将其他中队的一位全身烧伤的消防队员背出火场,送上一辆私家汽车。"后来我才听说那名伤员叫岩强,是三大街中队的,特高兴。"从刘荣龙的嘴里又一次听说了"岩强"这个名字。

另一位中队消防队员高志刚过来了。他摇摇晃晃走过来时,身上还带着一团团火……

"我们都是特勤队活下来的,我们必须好端端地走出去!必须!"唐明用尽力气鼓励大家,因为他是中队长。

后来医生给唐明检查:发现他除了双耳穿孔、左脸和身上多处灼伤外,右胸的几根肋骨被折断。

特勤队无愧是一支英雄的铁军。"8·12"那天出勤的消防队员中,除江泽国等7人英勇牺牲外,其余人都不同程度地负伤,刚从医院出来的高志刚从手机里调出一张他当时受伤的脸部照片给我看——"够吓人!"我只说了三个字,赶紧让他把手机收起来,而我知道,高志刚是全特勤队参战消防队员中受伤比较轻的一个。

在三大街中队,我见到了那个40天后才醒过来的人——

6．张超方是个奇迹

其实张超方是我到天津采访时见到的第一个在大爆炸中受重伤的消防队员。那天中秋节我到津门与天津消防总队领导座谈结束时，已近下午四五点钟了，这时得知有位大爆炸中昏迷了40天的消防队员，前几日才苏醒过来。

"一定带我去看看这位消防战士！"我恳切地向天津消防总队领导提出这一请求。

"医院终于同意了，现在就可以去。"得到的是一个令我兴奋的消息。

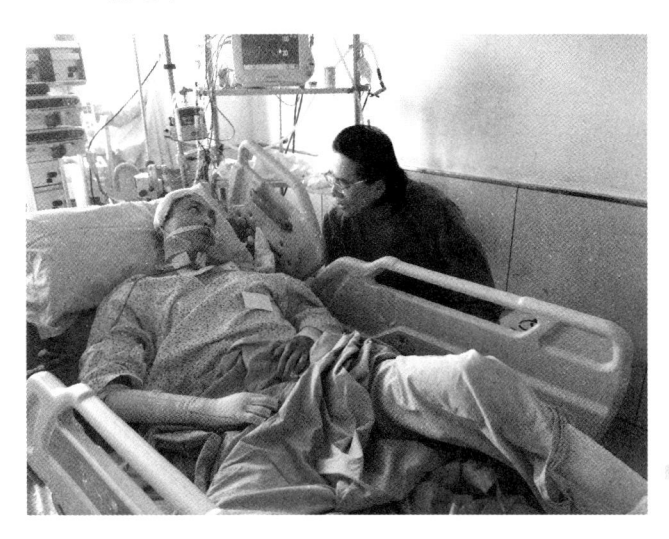

在重症室，作者采访昏迷40多天后醒来的张超方

很快到了张超方所住的医院。"他还在重症病房，你们不能进去。"医生对所有大爆炸中受伤的病号管理得特别严，尤其是仍在重症病房的伤病员。

"我们是消防的，何先生是北京专程来采访的作家，麻烦你们开个先例……"陪我去的天津消防总队王参谋一亮"消防的"身份后，医生竟然很痛快地答应了我们的要求。

"不过你们别待时间长了，伤员仍需要休息。"

"明白。"

我们和医生达成默契。

远远地，我就看到了"重症病房"四个字。轻手轻脚走过一段走廊，护士指指靠右边的一个病房，请我们进去。

这是我第一次走进天津港大爆炸伤病员治疗的重症房，那天的日子很好记——2015年中秋节，公历9月26日，距"8·12"大爆

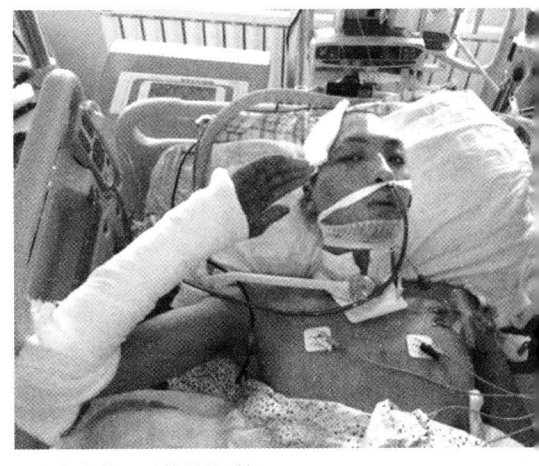

▓张超方苏醒后的敬礼瞬间

爆炸现场

炸已经40多天。

中秋节应该是团圆的节日,但在张超方的病房里只有他一个人,显然是考虑到重度烧伤者的治疗需要,不能有外界细菌感染。我穿了一身防护服,与护士一样。伤员直冲着门,半躺着,身子也是赤裸的——烧伤者一般都是这样,除了特别的伤口包扎处,其余尽量外露,这有利于伤势恢复更快些。

张超方是醒着的,我第一眼就感觉这小伙子不一般:身材高大,那张病床装不下他的四肢和躯体。"小伙子,你是英雄,向你敬礼!"开口,我以一个老军人的身份,向这位年轻的消防队员行了一个军礼。没想到他竟然立即回礼——用他绑着白纱布的右臂。

"他醒来那会儿,见谁都敬礼!"一旁的护士张红敏说得我们都笑了。仅凭这一点,我就认定张超方是个军人素质很好的小伙子。

"你还记得那天大爆炸的事吗?"这是我向每一个参加现场灭火战斗的消防队员问的一个问题。

张超方摇头,跟其他队员一样,"记不得。什么都记不得了。"他说话还不怎么利索,基本要靠眼神和摇头来表示。

"2013年的兵……今年可以退伍了。"他断断续续地跟我说。

"现在还想退伍吗?"我问。

他摇头。一场伤亡惨重的大爆炸,反而让很多天津消防队员改变了原本的打算。他们竟然不仅没有被如此惨重的伤亡吓倒,反而对消防工作更加热爱。这也许只有在中国才会出现的一种并不多见的崇高的献身精神。

"19岁,一米八一……"小伙子动弹了一下高大的身体。我看得出,他是个非常帅的年轻军人。

"他进来时头和身子全被烧黑了,后来我们按照医生的要求用纱布把他基本都包了起来,也一直不知道他是谁、叫什么。到了8月27日才有公安机关通过DNA知道了他叫张超方。"护士张红敏介绍说,"整整40天,他一直处于昏迷状态。专家尽巨大的努力,才慢慢将他从死亡线上拉了回来。我们也觉得太了不起了,是个奇迹!"

"那你们就没有担心过……他可能醒不来?"我希望多了解些情况,便这样问。

张红敏看了一眼张超方,笑:"除了他自己外,所有人都有过怀疑……你想,一个人10天醒不过来就够吓人的了,20天再不醒来,就是不得了的事啦!昏迷40天后醒过来,那是神仙了!他就是神仙!"护士又笑了,很开心的笑。

张超方的脸部肌肉虽然不能笑,但可以看到他的瞳仁是闪着欢快光芒的。

"他能奇迹般地醒过来,要我看,得感谢他的母亲。"护士说。

"怎讲?"

"他母亲八月十八九号到医院后,每天都在他身边呼唤他的名字,一直到最后把儿子叫醒了……"护士显然很激动。

"真有其事?"

"那当然。"张红敏瞪大一双美丽的眼睛,冲我说,"他是八天前才醒过来的(我采访他是在9月26日下午——笔者注),醒来的前一天,他母亲在他身边叫他的时候,他还不能睁开眼睛,但我们都

75

爆炸现场

看到他眼角流了眼泪,证明他已经醒了,只是昏迷时间太长,眼睛一时睁不开。直到第二天在医生的帮助下,他才慢慢地睁开了眼睛,能看到我们屋里的人,然后他向我们一个个地敬礼,逗死了……"护士咯咯地笑了起来。

张超方似乎也清楚我们在谈论他的"逗",于是他又举手敬礼了。

我们笑得更欢。

重症病房不允许如此放任,所以我主动站起来告别。我和张超方之间的敬礼又是非常自然了。

出病房后,我最想见的一个人就在门口等着。她就是张超方的母亲张风云。

"你的名字很独特啊!"坐在我面前的消防队员的母亲远比我想象的要年轻。可不是,一个19岁的小伙儿的母亲,也就四十几岁的人嘛!在大城市里,四十几岁的女性没有嫁人的还不少,她们一打扮还跟姑娘似的呢。相比之下,四十多岁的农妇——军人的母亲,岁月的"风云"还是明显地在她脸上刻下了一道道深深的痕迹。

我们在医生值班的一间小屋子里临时待了一会儿,下面是我从这位母亲口中了解的有关她与儿子张超方之间的事——

河南妈妈张风云是个地道的农民。两年前儿子到天津当兵,告诉家里说是消防兵后,当妈妈的张风云从此天天为儿子担心,因为她听说过,也在自己的家乡见过,只要谁家发生了大火,消防队员们就要往里面冲,去灭火。如果是小火还好些,可能剐破一点皮肉；如果是大火，那几乎都要死人。她知道，被火烧死的人十分可怕，虽然没有亲眼见过，但电视里、乡村的宣传画上的照片都有，那焦炭一样的惨状，多看一眼就会做噩梦……现在，自己的儿子当了消防队员，做妈妈的内心有说不出的担忧啊！

平时大伙儿夸她张家有个出息的儿子在外当兵，光荣。可作为妈妈的她，脸上露着笑，心里却是苦的：不知哪一天，儿子去参加灭火战斗，也……她不敢想，不敢往下想。于是，她给远在天津的儿子"规定"：每个星期要给家里打个电话，报个平安。

"妈，没事。我们每次出勤都很安全的。没事，你和爸就放一万个心吧！"儿子坚持每个星期给家里的妈妈打电话，每次的通话中，这句话几乎都会有。

妈妈永远不放心，说："不怕一万，就怕万一……方，你给我听

张超方的母亲张凤云(右)在陪护儿子

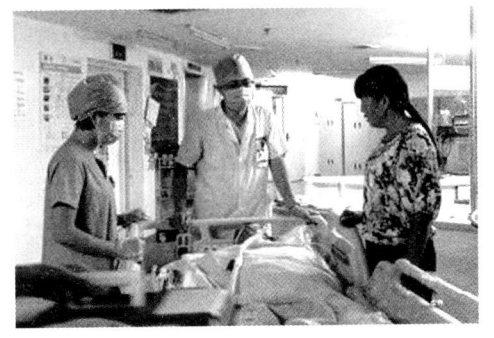

治疗中的张超方

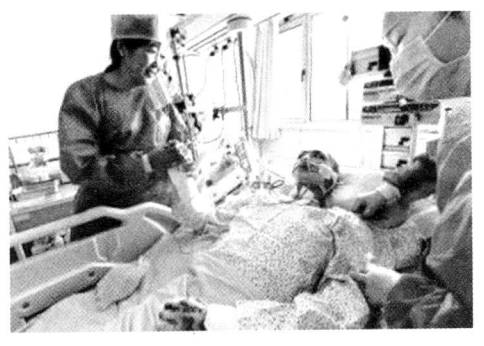

着,你出去当兵妈没拦着你,可你得给我完完整整地回来,少一块皮都不行!知道吗?妈要给你在家里找个好媳妇儿,妈还要抱大孙子呢!"儿子的名字超方,从小她就唤他叫"方"。

"哎哟——我知道了,知道了!妈,我们天津消防几十年来在全国都是先进,首长经常跟我们说:'全国消防学天津。'你想想看,我们能出啥事嘛。"

儿子的话妈妈自然最相信,尤其是穿上了军装的儿子。但妈妈的内心依然放不下,从来就没有放下过。电视里只要一出现火灾事故的报道,妈妈就会立即抄起电话给儿子打过去,头一句话就是:"方,你那里没事吧?"

"妈——我没事,你别以后一惊一炸的,我保证没事!"儿子接到这样的电话,哭笑不得。

"你别没事没事,有事就来不及了!"妈对儿子的满不在乎有些生气。

"是,妈妈的话我一定听着记着!"儿子虽然17岁就去当兵了,个头长到一米八一,但在妈妈的眼里仍然是个孩子啊!

就这样,儿子和妈妈在不停地"强调"与不停地"保证"中度过了两年。2015年的夏季过后,儿子服役期满,可以回家了。妈妈已经暗里物色好了邻乡的一位出色的姑娘给儿子做对象,所以夏季过后所有日子里,除了田里的活以外,妈妈的心思完完全全放在暗地里张罗儿子的婚事上,却淡忘了每周一次的电话里多叮嘱几句安全方面的事。

"怪我,怪我昏了头。"张超方的妈妈在接受我采访的时候,眼泪立即流了出来,擦也擦不尽。她悔恨自己。

"8月13日一早起来,电视里在报天津发生了大爆炸,那火冲天地高,一片火海,我的心就像被铁钩子钩破了,疼得喘不出气……孩子他爸就开始给儿子打电话,可没有人接,怎么也打不通。我就想哭,可就是哭不出声,只有流不完的眼泪,一直流,流不停……"她说。

8月13日下午,政府派人来家里,通知让张风云的丈夫立即动身去天津。"是我儿……出事了?"张风云突然死死抓住政府的人,欲问个究竟。

"我们也不知道。只是听说那边出了惊天大事,死伤的人不计其数,而且多数是消防队员……"在资讯如此发达的今天,政府的人知道无法隐瞒什么,只好如实说。

"方——"张风云一听,立即昏死过去。

全家人一片哭喊。那是多么凄凉断肠的一幕。

天津港大爆炸的消息传出后的那一刻,无数家庭都出现了如此凄惨的情景。

张超方的父亲先抵天津。此刻的天津尤其是发生大爆炸的滨海区,仍然火光频现,烟幕盖天,到处是惨不忍睹、满目疮痍的场面……

"听他爸说,他们到天津港区后,在几个医院到处找我们的儿子,部队的同志跟着我们一起找,但那个时候乱得很,伤员一个个都烧得像个'木炭人',不知谁是谁。我们这些家属急得团团转,政府和部队也着急,都希望能准确辨认谁是谁,可难呀!他爸说,送

爆炸现场

到医院里的人,如果死了的,基本上变了形,基本上认不出是谁;活过来的伤员也不好认,不是已经被医生包扎起来,就是那些刚刚送进来还血肉模糊的……但我们的儿子我们认得出,他爸一眼就认出了。认出来后,他爸就给我打电话,说我们的儿子在,没事!我一听就大哭了好一阵,是落下一颗悬着的心后那种释放的哭。我们是农民,八月份在我们家里正忙着农活,地里的玉米要收成。孩子在医院里一直不醒,他爸就说让我过来,他回家收玉米。当农民的就是命苦,儿子重要,地里的庄稼也重要。我就这样过来了,大约是八月的十八九号,来了几天后,医院和部队的同志正式告诉我,我的儿子找到了,是用啥DNA找到的,不会有错。我想我的儿子咋会弄错嘛!后来听人说还真有弄错的,烧得太厉害了,谁也认不出谁了。我们乡下人没见过那么大的爆炸,城里人也没有见过那么大的爆炸,部队里的一位老兵说他也没有见过那么大的爆炸,那人是在越南打过仗的,他说美国军队的大飞机扔炸弹,也就一个篮球场那么大的爆炸范围,没有见过像天津港区这么大的爆炸。方儿没有醒来的那些日子,我天天到医院,天天听各式各样的人说各式各样的话,我的心全被爆炸装满了,装得堵到嗓子眼也快要炸了!可还得忍住,因为我的儿子还没有醒,他一天没醒,我的嗓子眼就像被火灼一天,有时候连声音都发不出来……"

坐在椅子上的张凤云像是个独语者,听清她的声音需要特别仔细,于是我挪动了一下自己的座位,离她更近些。

关于张超方的伤势,医院方面给我提供了一些信息:

8月13日下午由泰达医院转到天津市第一中心医院重症

监护室。会诊结果：40%深度烧伤，急性颅脑损伤，硬膜下积液、呼吸衰竭、急性肾损伤、右下肢深度烧伤至骨头外露……一度被天津医院方面确认为爆炸事故中最重伤员。深度昏迷。

8月19日，由医院主治医生、整形烧伤外科主任李小兵为其实施第一次手术。手术后仍深度昏迷。

8月25日确认他是消防队员。第二次手术。DNA比对方知他是三大街中队消防队员身份，但仍没有确认他是谁。深度昏迷。

9月2日第三次进行手术后，确认他是开发区消防支队三大街中队消防队员张超方……仍处于重度昏迷状态。

妈妈张风云说："部队领导很细心，待DNA确认出来后，才允许我进重症室见我儿子。第一眼看到儿子时，我心疼得没法形容。全身多数地方被白纱布包着，脖子真的肿得像水桶粗……最要命的是儿子躺在那里一动不动，咋叫他就是不应我。那些日子我的眼泪没断过，活了几十年没流过几滴泪，可那些日子我的眼泪像决了堤的水，没法收住。我天天问医生我儿子啥时候能醒，他到底能不能醒，他们有时候回答我，有时候不说话。回答我的话我听了心里没着落，不回答我心里更是堵得慌。护士张红敏和李成霞两个姑娘特别好，她们对我说：大姐，世界医学上有这样的奇迹，一个美国姑娘曾经昏迷了42年，还醒过来了！我开始不相信，后来又打听，说还真有这人，那姑娘叫爱德华达·欧巴拉，是个中学生，1970年得了一场奇怪的病后长期昏迷，欧巴拉的母亲就一直守在

爆炸现场

女儿床边,精心照料,天天呼唤女儿的名字。后来欧巴拉的母亲因年事已高,在照料女儿38年后的一天离开了欧巴拉。之后欧巴拉的妹妹又担起了照料欧巴拉的任务,一直到2012年欧巴拉苏醒并微笑着离开人世……前后42年。欧巴拉的故事给了我极大信心。我儿子年轻,加上政府和部队特别的关照,连李克强总理都亲自到病房要求医院尽全力拯救我儿子的生命,所以我相信他能够很快醒过来的。"

张风云的声音突然变得清朗起来。"从那开始,我就鼓足信心,坚持每天下午4点进病房给儿子擦身、护理,同时又一遍遍地叫着:'方,妈来了,你醒醒,你看妈一眼啊!'一直唤他到医生赶我走的那一刻。儿子在重症室,医院规定每天只能在下午4点后的一个小时里进病房。为了这一个小时能唤儿子,我就在医院附近租了间房,天天不到下午3点钟就来到医院门口。只等时针指向4点,就小跑着奔到方的床头,开始一遍又一遍地叫他、喊他,一直叫喊了几十天……"

"其间你儿子一直没有反应?"我对这个医学问题感兴趣。

"开始没有。后来慢慢有了些反应。"母亲说,"我是做了思想准备的,只要儿子还在呼吸心跳,证明他是活着的,我就坚持天天唤他、喊他,尽管中间他还经历了非常危险的休克期、感染期和4次大手术,但医生和我都相信孩子会醒过来的。所以我天天唤,常常凑到他耳边一边唤他,又跟他聊家常,像小时候抱在怀里时那样跟他聊个不停……

"9月21日那天,我像往常一样,凑到他耳边连叫了他几声,突然发现儿子的眼角在淌眼泪。我一看,高兴得一下跳了起来,还把医生和护士也叫了进来。他们跟着高兴,说这孩子有希望了,马上会醒过来了!最高兴的还是我这个当妈的,随即我在方的床头给方的爸拨去电话,又让他爸在手机里唤儿子,这么几下,我又看到儿子有表情了,而且他突然做了一个动作:他把手伸了过来,摸我的脸,摸啊摸,一直摸了我好久好久,那个时候,我的眼泪哗哗地流个不停,嘴里喃喃地说着:'好儿子、好儿子,你妈这些日子担心死了、吓死了呀!'方就开始用手给我抹眼泪……那个时候我觉得自己是世界上最幸福的母亲,因为我的儿子不仅回来了,而且还对妈妈那么亲、那么爱……"

坐在我面前的母亲张风云早已收不住激动的热泪,一个劲地用手纸擦着眼泪。我在一旁静静地等着,什么话也不想说,只希望看着这位消防队员的母亲将这压抑了几十天的眼泪都涌出来吧。还有什么比这更让一个母亲感到幸福和安慰的呢?儿子不仅回来了,而且是带着无限的爱回来的。

一个深度昏迷了几十天的伤员真的要苏醒过来,其实还需要医学方面的辅助。医生们会诊后认为,张超方到了可以正式苏醒的时候了,也就是说,他能够睁开眼睛了!但一个几十天没有睁开过眼睛的人,一下见到光亮时,是需要许多医疗方面的工作准备的。

9月22日,也就是我采访张超方的前四天,他睁开了眼睛,看到了久别的母亲,看到了救治他的医生和一直守护在他身边的消防队战友与首长们……40天后苏醒过来的张超方首先抬起右手,

爆炸现场

又一次深情地许久地抚摸了母亲的脸,然后庄严地将手举到了右脑边,向所有他看到的人行了军礼。

满身仍然插着许多管子的英雄消防队员行军礼的照片在这一天传遍了祖国大地。

张超方昏迷40天后的醒来成为天津港大爆炸事件中的一个让人感到些许安慰的奇迹。

7．岩强，复活的"烧焦人"

你绝对没有见过一张已经没有了鼻子、没有了表皮，自然更不会有眉毛什么的人脸……但云南佤族姑娘见到了这样一张脸，而且这张脸偏偏是她新婚才半年的丈夫的。

她无法相信，更不敢去辨认。但她必须去辨认，也必须去把这张脸拾起来重新修复。啊，多么的惨烈！多么令人揪心与绞肠的伤痛啊！

"你看看，这是当时的他……"姑娘从手机里找出当时她年轻丈夫躺在担架上准备进手术室时的一张照片。

"天哪！"我看了一眼，就赶紧别过头。真不敢看……竟然烧成这个样！

什么样？脸型特征都没有了，如同一张"黑板"——人怎能忍受如此巨大的创伤，竟然还活了过来！

这便是前面许多消防战友提及的那个岩强。

我进他的重症房间之前并不知道他会烧伤成这个样子，只听天津消防队的官兵经常提到"岩强"，说他是此次大爆炸中活下来的伤员中伤势最严重的。"他的双手烧掉了，现在的两只手是靠植入自己的肚子中长出来的……就是移植的。"他们这样对我说。

爆炸现场

医学真伟大！我想一想就觉得很不可思议。然而，一个活生生的从死亡中走出来的人就在我面前。快50天了，他的脸部除了一双瞳仁在闪动外，仍然没形——人工做的鼻子也没有长出，想想，一个平面的肉体上，只有一双红红的人眼在闪动地看着你，你会是怎样的反应？

随我一起进病房采访的小范吓得跑了。但我必须留下来，并且需要与岩强好好聊聊……可他还不能多说话，只有那双红红的眼珠闪动地看着我。他躺在病榻上，全身仍然是赤条条的，多数地方则用白纱布绑着。"他的下身已经炭化了……"他的战友在我进岩强的重症室前就曾悄悄告诉我。

我有些不明白。"就是男人的蛋蛋已经没了。"人家补了一句。

"什么？"当时我听后立即停下脚步。因为内心突然涌起巨大的波澜：这以后怎么生活呢？

没有人回答我。

在天津消防部队，似乎这并不是太严重的问题，活下来的人比什么都强，这是大家的共同心态。

我走进岩强的重症室后，似乎也开始接受这一认识。

毫无疑问，岩强是我有生以来看到的烧伤最严重的一位。其实，如果不是采访天津港大爆炸事件，我就根本没见过什么烧伤者，而这回偏偏还遇到了烧伤最严重的人。

所有的感觉便是心疼。心疼这位年轻的云南佤族小伙子。同时也为他庆幸——能活下来比什么都强。

"当时我也是这样想的。尤其听说他的战友牺牲了一大批时，我觉得无论他被烧成啥样,只要还能有一口气、看一眼我,我就心满意足了。"一旁站着的岩强妻子这样说。

我感到不可想象的是,这位美丽而年轻的姑娘——其实她也还是新娘,竟然一直挂着满脸灿烂的笑容,且那种笑容是彻彻底底、完完全全发自内心的幸福笑容。

我被这笑容强烈地感染了,也就不再惧怕,特别想近距离地与岩强交流——我知道他还不能说话,可他的眼神告诉我他完全能够理解和听得清我们在说什么。我问他是否还记得大爆炸时的情形时,他摇头。我又问他,全身烧成这个样知不知疼时,他也摇头。我再问你妻子为啥到了你这儿时,他点点头。我接着问他:你知不知自己有一个世界上最最美丽、最最善良的妻子时,他竟然重重地点点头。

"哈哈……"岩强的妻子是位特别开朗的云南佤族姑娘。她笑倒在一旁的陪病床头,床边坐着的是岩强的岳母和姑娘的姐姐。她们都是过来陪护

岩强妻子手机中存的岩强受伤照片

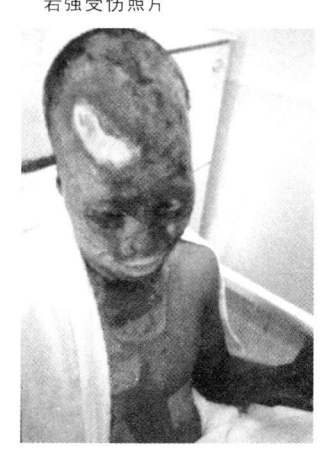

广岛原子弹爆炸中的幸存者樱井哲夫

87

的。这几位纯朴的云南佤族女人,竟然幸福开心地搂抱在一起欢笑,初冬的病房里顿时格外温暖。我知道,在她们眼里,岩强已经是一个完整的生命,回到了她们中间。

"这就足够了!"在我采访时,这五个字在姑娘的嘴里至少重复说过四五次。

多好的百姓!她们的亲人伤成这般模样却没有一句埋怨政府、埋怨他人的话语!似乎还心存感激……

"真的,我看到他一天比一天好起来,我就很满足了!"姑娘脸上的灿烂笑容没有半点是掩饰的,是那种从心底里透出的幸福笑容。我完全被她的那种豁达和幸福所感染,再也没有对伤得如此重的岩强有任何恐惧感了。想不到的是,我发现曾经吓得退出病房的小范也不知什么时候又重新进来,正用手机给我们拍照呢!

"我叫叶芬,我们是初中同学……"落落大方的姑娘竟然自我介绍起她与岩强的"恋爱史"来:他2005年出来当兵,那时我已经在上职高。2008年他回家探亲,我知道他的情况,但我们没有联系。第二年初他不知从谁那儿把我的QQ号拿到了,就给我发信息。我那时在重庆一个娱乐公司打工。当时QQ上我不知他是谁,就问。他说是老同学,这个时候我才知道是岩强。虽然我们几年没见,但感到他当兵后很有男子汉气质,讲话谈道理不像地方上那些男孩子没谱,我就一下觉得当兵的就不一样,靠得住。于是这一年我就趁工作休假时到天津来看他,而且以后每年都来。每次来总很开心,因为他在部队表现特好,一直是先进,我们就这样慢慢谁也离不开谁了,一直到今年春节我们办了结婚手续……

叶芬像倒水似的把与岩强的几年恋情讲给了我听。我注意到只有一双眼睛会表达感情的岩强,此刻双眸睁得圆溜溜的,灯光下可以看出那泛出的闪亮泪花。

岩强和家人其实并不太清楚岩强当时在爆炸现场是如何死里逃生的。我听他的战友讲,第二次大爆炸之后,当时有几拨同样受重伤的战友见过"满身是火"的岩强——我从几个曾经救援过他的消防队员口中听过同一种描述,最后我分析得出结论:前后共有四拨、约六七个人曾帮助过岩强从爆炸现场脱离危险。除了前面已经提到的几位外,还有一位叫陈高强的列兵,他可能是最早帮助岩强把着火的衣服脱下来,又给他把脸上的火扑灭的人。

没有烧伤前的岩强

"他大叫过一次,但后来就再没有声音了,不说话了。"八大街中队的叶京春可能是第二个在爆炸现场与身负重伤的岩强接触的消防队员。叶京春见到岩强的时候,岩强的脸已经完全没了形,"黑里有点红,像刚从窑里出来不久的炭……"叶京春的描述足够令人惊悚。

岩强自然不知自己是如何被抬进医院的。

"像他这样的极度烧伤者,存活率极低。这位消防队员是例外。"负责治疗岩强的武警

爆炸现场

医院主治医生告诉我,"可以说,我们是集中了国家最权威的专家和最好的资源才把他从死亡线上救回来的。"

岩强绝对是位幸运的生还者。在我采访的前十天,他仍然是"可能救不活"的最后一名天津消防队员。而在这之前的几十天里,仅他岩强一人,动用的医学院士、烧伤专家和移植专家不下20多名。即便如此,在每一个阶段的治疗中,每位专家都不敢拍板保证让被大爆炸"烧焦"了的消防队员存活下来。然而他活了下来,而且活得一天比一天好。

这样的奇迹连医学院士都不敢相信。可它就发生在天津港大爆炸的事件中。我想从医院方面打听点关于救治岩强的相关细节,可医院的大夫一两句话就把我打发了:"那个烧焦了的云南小伙子?算他命大吧!"

"能说得详细一点吗?"我希望有机会也表扬一下这所武警医院在这场特大灾难中为拯救消防队员及其他伤员的优秀的医务工作者。人家却这样回答我:"还有很多人没有救活过来,所以我们不想提啥功劳了……"

顿时我默然。久久不知如何把对医院方面的采访进行下去,故后来甚至放弃了这一块的调查专访。

大爆炸留给太多人伤痛。于是,能够死里逃生者就变得更加珍贵。岩强是所有死里逃生者中最幸福的一个,因为他伤得比任何一位活下来的人都严重,而那些与他烧得同样严重、兴许还轻不少的人都没能活下来。我知道有的消防队员从现场被救出后送到医院时还能说话,还有意识,甚至还帮助过其他伤员联系家人,但最后却自己永远地离开了人世,有的消防队员从现场送到医院的当天死了,有的是过了两三天后不行了,也有的是经历十几天的抢救仍然没能活下来。

相比之下,"烧焦"了的岩强确实命大。

这也让我终于明白了为何岩强留下终身残疾,妻子叶芬及其家人仍然那么感到幸福!

有一条活生生的人命在,有一个能够看着这个世界的人在,有一位英雄的丈夫和光荣的儿子能够在身边,这就足够了——叶芬和岩强的母亲都向我表达了这份最真切的幸福。

在旁人眼里,躺在重症室床头的岩强也许仍然有些恐怖,更不用说敢多看一眼现场拉回来时、治疗初期的"烧焦"的岩强的容貌,但他的年轻而漂亮的妻子叶芬似乎根本没有意识到这些。她打开手机,落落大方地向我展示了她与"烧焦"后的丈夫第一次"见面"时所拍下的照片——反正我只草草地扫了一眼就再也不敢看了,可是那个"没有了脸"的岩强的惨状则永远地烙在了我的脑海里,如果不是小伙子现在好好地活了下来,我也许会对美丽活泼的佤族姑娘叶芬说:删了它!

现在我用不着这样做,而且悄悄地把她手机里的这张"烧焦"的岩强的照片复制到了我的手机里……

"进医院后他一直处在休克状态,医生也不让我见他,而且当时他们非常明确地要求我随时为他准备后事……"只有说到这个细节时,我发现叶芬变得沉重起来。

"你怎么知道他出事了?"我问。

爆炸现场

"大爆炸第二天清晨我就知道了。"她说,"头天晚上,也就是12号晚上,我们俩聊天聊到大约10点半。后来我就睡着了。第二天天津港大爆炸的事传开了,我一看是他工作的地方,知道凶多吉少,就赶紧打他手机,但一直联系不上。他在天津有不少朋友和战友,平时我知道他与他们之间有QQ交往。那天清晨对我来说,就好像一下钻进了噩梦之中。我拼命地与天津方面他的朋友与战友联系,不知怎么搞的,当时大家好像都在忙,忙得顾不了我打听的事。等了有一两个小时,终天有一个岩强的战友给了我一个联系电话,是岩强部队里的一个联系电话。从那个电话里我知道了岩强已经被送到了医院。一听他被送到了医院,我当时既害怕又有些欣慰,害怕是他肯定伤得不轻,有些欣慰是毕竟他人还在、找到了,并没有像其他消防队员一直'失联'……你问那个时候我啥心情,怎么说呢?一颗心就像被铁钩子吊挂了起来,不知疼是啥了,嗓子常常被一团团火堵住了,说不出话。"

叶芬说到这儿,停顿了片刻。我看她的嗓子突然又好像很干……连喝了几口矿泉水后,她又接着说,"我当时问电话那头:'岩强他伤势严重不严重?'人家就对我说:'你过来了再说。'这一下让我的心又悬了起来,心想:绝对不是啥好事。他们好像瞒着我,是不是他……我不敢往下想。一分钟也不想再耽误了,我当即就在网上订了飞机票。13日下午3点多钟的飞机,下午5点多钟到天津。岩强的战友和一位天津的朋友到机场接了我。随后我们直奔医院,但医院方面不让我见他,无论我怎么求他们,就是不让我见。当我看到有些消防队员的家属马上能进病房与亲人相见时,我好羡慕好羡慕!我也见到了好几位牺牲了的消防队员的亲人,他们被接到医院的太平间去认领自己的丈夫或儿子……那情景,我想哭又哭不出来,不哭又胸口疼得像刀绞似的。医院又根本不让我见,传出的只语片言和岩强战友们的表情告诉我:我的他……"叶芬转身用手指指半躺着的岩强,继而说,"随时可能离我而去……"

美丽的她,第一次在我面前低下了头。当她再次抬起脸时,我清晰地看到她的双眼噙满了泪水。其实,当时还有一个细节叶芬并不完全清楚:岩强进医院的第一天就已经把气管切断了,完全靠医疗设备维系呼吸和进些医疗营养补给。

"对不起。"但她是笑的,有些勉强的笑。

"那几天我不知自己是怎么过来的。"她继续回忆,"天天跑到医院等啊等,打听啊打听……但没有一个人能够准确地告诉我他到底严重到什么程度。终于在第四天,也就是16号那天,说要给他动手术。动手术之前,有两位医生在部队同志陪伴下,跟我说,岩强伤势非常严重,现在必须马上对他的脑部进行手术,情况并不乐观,让我要有思想准备。我从他们的表情上看得出,岩强的生命仍然处在极其危险时期,随时可能发生变化。当时我不知哪儿来的勇气,立即拉住医生的胳膊说:求求你们救活他!一定要救活他!我们才结婚半年呀!求求你们啦!我第一次哭出了声,在医院的走廊里,许多人看到了。我也顾不了那些。后来我被人拉到一个地方休息去了。过了不一会儿,听说马上要手术了,我突然提出,希望在岩强进手术室之前让我看一眼他,因为这一眼我必须看。当时有几个想法:一是我到天津已经几天了,都没有见过他,

爆炸现场

所以我一定要看看他到底伤到啥份儿上。二是我内心确实害怕这是最后一次与他见面。第三个最重要,我要让生命垂危的丈夫知道,他的妻子就在他身边,等着他呢!想给他一份力量,活下来的力量!后来我的要求获得了批准,他们告诉我,只能在重症病房推出来到七楼的手术室中途的电梯口,让我看一眼。当时我觉得这个机会好像等了几十年,比等着结婚还要激动和紧张,因为我知道我是在等一条命,一条连着我一生幸福与悲惨的命……医生告诉我,绝对不能接近他,必须远远地看着他。现在想想太残酷了,我等了那么多天,快把头发都等白了,却不让我近近地看他一眼,在他耳边跟他说一句:我在你身边,你不会死的,你一定能够活下来的,因为你不能甩下我一个人不管的!我当时准备了好多好多话想对他说,想在他进手术室前跟他说,说我爱他,说我自从有了他之后是多么幸福,说跟他这样勇敢的消防战士结婚后自己在外面再也不怕被欺负了……后来我真的看到他了,大约在七米之外的地方,看到他被医生推着进电梯。那一眼我永远永远地刻在了脑海里,那个模样的他,我根本不认识!他连一点儿样子都没有,是一团白纱布裹包着的、躯体一半露在外面的、被烧得如同黑炭似的他……不知用啥来形容,虽然我知道他一定伤得非常厉害和严重,但真的看到他时,我完全呆了,根本不相信人会被烧成这个样……"

叶芬有些气塞,不得不停下话来。

少顷,她又说:"我知道医生不可能给我多少时间,你想想,推进电梯的时间才有几秒钟嘛!我事先准备好了手机,我早想好了,不管什么情况,我一定要留下他受伤的照片,尤其是他进手术室前

无奈的百姓

深夜，路边小憩的消防队员

救援现场

医院场景

逆火前行的天津消防队员

消防队员在搬运尸体

交接遗物

消防队员在爆炸现场搜救

的照片,万一……当时确实考虑到了他的'万一'。我看到他出现的第一眼后,立即按下了手机上的'照相'键,随后不管三七二十一地向他大喊一声:'岩强……我等你!'我得谢谢医生,他们似乎有意留出了我喊这五个字的时间。"

此时的叶芬已泪水满面。我感觉自己的采访本上也掉了一滴泪水——那是从我自己的眼睛里落下的。

"从8月13日下午约莫六七点钟到医院后,我就没有一天离开过,天天等着岩强,每天都在为他祈祷,祈祷他能够重新好端端地回到我身边。"叶芬胸脯起伏,似乎心头压得太久太重。现在终于能够把这些负重一吐为快。

"可我等得好苦呀!"她的眼泪又出来了,"眼看着别的伤员一个一个出院,唯独我的爱人——岩强他不仅不能出院,就是每一个转好的消息都不容易知道。医生每一次来告诉我的都是:'又要动手术了,要作好思想准备啊!'你想想,我啥心情?每次我好像都希望医生再给他动手术,可又不希望再折磨他……前后他做了十多次手术,而且都是危险的大手术!我的头发都快愁白了。"叶芬执意要从她一头秀发中找出几缕银丝。

这是多么痛苦的煎熬!

"一直到9月30日他才正式从重症室里搬出来,这个时候我心头的大石头才真正落下了……"叶芬破涕为笑,重新恢复了她那灿烂的笑容。

一场大爆炸,带给了像叶芬一样的女人们多少痛楚啊!她们都是消防队员的妻子,或母亲,或姐妹,或是热恋之中的人儿。

95

爆炸现场

　　叶芬告诉我,岩强的生命力特强,"真的像岩石一样强大。我不知道他家人给他起的名字就给了他这个命!"叶芬挺会联想。

　　病房里时不时传出欢声笑语,这也是我绝对想象不到的。

　　"烧焦人"岩强彻底复活了! 他的复活,填满了他妻子和家人心中的幸福,也为中国烧伤病学科创造了一个新的奇迹。当然,多少也像前面的40天后才苏醒过来的张超方一样,给天津港大爆炸这场灾难增添了一份安慰。

8．周秀政委说："当时我想逃命也不可能……"

为什么？周秀是天津消防总队天保支队的政委，大校警衔。我们第一次见面是在天津空港区的一个吃饭的地方，这位老政工干部这天在饭桌上愤愤不平：我们消防部队哪个地方错了？我们的指挥员哪个地方做得不到位？我们的年轻战士有的才十八九岁，他们牺牲了；我们的干部也个个都是冲在最前面的，凡是牺牲的干部都是在战士前面；我们这些没有牺牲的人，绝对不会在现场有任何退缩的表现，我可以负责地说，拍着胸脯说：我们的消防官兵在这次爆炸事件中，个个表现出色，没有逃兵，没有失职，也没有做任何对不起人的事！

"你是大作家，我希望你能够为我们说几句话，就说我刚才说过的几句话……你要说了，我替全体参战的天津消防官兵向你致谢。我喝这三杯！"周秀政委拿起酒杯，一连三杯下肚。

我很感动。然而真正感动的是他和他们这些领导消防队伍的干部们在此次爆炸中的表现，尤其他们所做的是那些外界并不知道的事儿——

官方媒体从没有报道过此次天津港大爆炸中有关参战的消防队伍中的领导者的情况，这也许因为大家对事故发生后造成的消

爆炸现场

防队员巨大牺牲有一种抹不去的阴影。毫无疑问,百姓对这样的事故和消防队员的牺牲之多,出于本能与自然的看法是:领导者有不可推卸的责任。

"我们一直在被问责。"周秀政委说,说得很沉重,"但这与我们领导者在爆炸中的表现是两码事。"他说。

我理解。爆炸事故的责任到底怎么回事,应该由已经组成的国务院事故调查组最后下结论。而我现在的关心和关注点是在爆炸现场的消防队员们的表现,记录和叙述爆炸现场,事实上比追查事故本身更具精神意义。一个民族,一个国家,尤其是一个十三亿人的迅猛发展之中的大国家,说不发生一点儿事故简直是天方夜谭。当然我们盼望我们的国家不发生任何事故,但这只是主观愿望。客观现实与我们主观愿望之间总有一段很远的距离。

我们祈祷不发生一点儿事故,尤其是不发生像天津新区的这种大爆炸。可是它已经发生了!

我们现在关注的是那些在现场发生的与生命相关的惊心动魄的事儿……

"事发那天我不当班,妻子和闺女都不在家。可是那天夜里我就是睡不着,于是我决定回支队去睡觉。"周秀政委说。天津保税区消防支队距大爆炸发生地有一段并不近的距离,这支队伍2012年才建成,主要负责天津保税区的消防工作,但原来的编制和兵力部署有些特殊,他的支队有一个中队远在支队管辖区之外的天津新区,并且与爆炸发生地比较近,故而也就有了他的所属消防中队——天保大道消防中队造成重大伤亡的事儿。

"不知何故,那天晚上似乎有些感应,心里一直没着落。后来想想,也没什么特别的,因为我们这些在一线工作的消防指挥员,你只要责任心强一点,把单位的事儿,把官兵的事儿放在心上重一点,你就可能整天觉得心里有事,一感觉心里有事,你就会有种说不出的担心。心事心事,可能就是这样产生的。"周秀说。

"我的家在南开大学附近。10来点钟回家后就是感觉心躁,睡不着,就让司机开车接我回支队部。"周秀回忆道,"在往支队部走的时候,至津汉桥离天津空港区还有五六公里的地方接到天保大道消防中队副中队长李英辰的报告:大爆炸了!其实他报告时,我们几乎在同时可以在远远的地方看得见爆炸方向的情况了。用火光冲天、映红半边天形容都不为过。我知道肯定出大事了,就让司机立即调头直奔爆炸现场去,路上一边调动支队力量赶往爆炸现场,一边与支队通话后命令所有可以出动的干部全部到现场。我到现场的时间是13日零点零5分钟,也就是说在爆炸后的20分钟左右到达的……

"现场的火势太猛,是我干了30多年消防工作所从来没有见过的场面。太吓人,又可怕,完全不可控。"周秀说,"除了浓烟滚滚外,刺鼻的气味远远地就能嗅到,关键是还不停地有轰隆隆的爆炸声,虽然比我赶到之前的两次大爆炸威力小,但那种爆炸跟人的生命相拼时,绝对也是威力巨大的。"

"喂喂,你是周秀政委吗?现场到底是怎么回事?"

"周政委吗?你在现场吗?到底发生了什么事你赶紧报告一下……"

爆炸现场

"哎呀周秀同志啊,你怎么一直不接电话呀!都把我们急死了!到底是什么东西爆炸了呀?"

"什么什么?还有东西在爆炸?你距爆炸现场有多少距离?不行不行,你得往里再近一些看看,到底爆炸威力有多大!对对,马上报告!"

"周秀啊周秀,北京方面每一分钟都在等着我们的报告,你快将现场的情况说一说到底是怎么回事……还没弄明白?那你得在现场给我盯着!绝对不能动啊,中央领导等着情况汇报呢!你必须盯着啊老周,我们全仗着你报来现场情况啊!"

周秀突然感到自己被一级级、一条条庞大的领导体系牵住了!他们有自己的上级天津消防总队领导,有天津市领导,有公安部领导,甚至中央办公厅等方方面面的领导,认识的和不认识的,重要的和更重要的领导都把电话打到了周秀的手机上……那一刻,周秀眼望身边冲天的火光,知道自己的双腿和整个生命必须牢牢地、死死地、一分一秒都不能移动地钉在那个火光冲天、爆炸依然不断的现场!

"跑一步、退一步你都是逃兵!所有的领导和方方面面都知道你在现场到底是前进了、坚持了、后退了,还是逃跑了。我就像一个灵魂赤裸的人,被方方面面所有的人俯视着、透视着,死死地瞄准着,想逃命都没有可能。即使脑子里闪过一丝念头,也必须、立即和坚决地熄灭它!更何况我是一名老共产党员,一名消防队伍的指挥员,一个那么近距离挨着爆炸现场的人。总队首长、天津市、公安部、党中央、全国人民都在关注着爆炸现场的一切未知的危情和真相……我无法走,也绝对不会走的！这时的我感觉到了肩上的责任和使命。那种情形下,你宁可在爆炸中化为灰烬,你也不能有丝毫的逃生之念。"周秀说这话时我感觉他想哭,想惊天动地地哭出来。但他没有哭。

他低下头,慢慢地从衣袋里掏出手机,翻页给我看了两则短消息:"是我当时给闺女发的……"

祝闺女开心快乐幸福,爸爸永远爱你。

我的手机密码……

这是周秀在爆炸现场发给远在外地度假的女儿的"遗言",后一条是他的银行卡密码。他已经准备了自己随时的牺牲,他觉得有必要将自己重要的一部分告诉女儿并让女儿告诉他妻子,同时

■另一个"现场"——指挥员们在指挥车里分析火情

爆炸现场

他又不想把最重要的一部分告诉女儿和妻子,这就是他在爆炸现场,随时可能永远地离开他们。

"怎么啦?"女儿迅速发回一条短信。

周秀看过后,眼泪夺眶而出。可他又马上坚毅而从容地把手机往口袋里一塞,去距爆炸现场更近的地方侦察情况,以便向上级汇报……

众人不知,其实大爆炸之后的时间里,何止是周秀政委到了现场。

当晚,天津消防总队政委岳喜强、总队长周天和另一名副总队长正在北京参加会议。"我们刚刚躺下,就得到市消防指挥中心的电话,说大爆炸了。周天总队长和副总队长立即返回天津,公安部消防局则要求我留下来配合他们指挥处置。几分钟后,我来到公安部消防局指挥中心,几位主要领导都在场,他们跟我们一样非常紧张地投入了调集力量、布置灭火的战斗……"岳喜强政委说。

"我是12点50分到现场的。"天津总队副总队长陈勇说。

"我是1点零5分到现场。"总队政治部惠主任说。

"我从北京赶到现场大约是1点多……"周天总队长说,"很快我见到了黄兴国市长等领导也到了现场。"

从后来的新闻上我知道,13日凌晨三四点钟,国务委员、公安部部长郭声琨与副部长李伟、公安部消防局局长于建华到了爆炸现场,消防局政委王沁林则坐镇指挥中心协调增援等紧急事宜。而郭声琨等领导从北京赶到天津爆炸现场需要约一个多小时,那么也就是说,习近平总书记和李克强总理对天津爆炸事故作出的批示时间肯定比这还要早……这一夜,中南海、公安部、天津市委市政府、天津公安局、天津消防总队,直到像周秀他们的消防支队级机关,有多少领导在为这场灾难忙碌和担心,我们自然可以料想得到。

从宏观讲,他们也都在"爆炸现场"……

9．真正的"现场"：除了逃生，便是死亡

保税支队所属的天保大道消防中队，一直是支队英雄的战斗部队，此次的大爆炸中，他们牺牲了5名消防队员，分别是：王琪、田宝健、袁海、宁宇和庞题。

"他们都是我特别喜欢的战士，可他们都走了……"中队长汤立旺说自己的"命大"。而我在支队部就听有人说他与另外两个消防队指挥员李洪喜和江泽国有"天津消防三剑客"之称。"我们是三个消防队的一把手，我跟江泽国还是老乡，同八大街中队指导员李洪喜是一起提干的，我们三个人熟悉又默契，碰到重大火灾，我们总会一起赶到现场，又能相互配合，并肩战斗。但这一次我因故没去，我也就成了'三剑客'中唯一活下来的一个，所以我说自己命大。"

汤立旺中队长说他对这个结果至今不知是福还是其他什么。"别人都说我有福，但我自己有种孤独感和悲伤感，因为我的两个好战友没了。"他伤感地说。

汤立旺不是逃兵，是因为他正在脱产参加支队的基层指挥员培训班。"以我的性格，爆炸火情一出现，肯定会跟江泽国，并叫上李洪喜一起到现场最近的地方战斗去的。"汤立旺说。后来汤立旺

也去了现场,只是作为爆炸后的支援队伍去的,这是后话。

汤立旺的中队作为天津消防总队在火情出现的第一批四个消防战斗队之一奔赴战场的,也就是说他们在爆炸之前就到达了现场。根据当晚领队的刘副中队长介绍,他的中队距爆炸现场相比而言,比前面的八大街中队、天津港务局消防队,稍有一些距离,但由于爆炸威力巨大,这个中队同样面临了无法选择的除逃生之外的死亡……除了中队长汤立旺外,这个中队还有两人"命大",一个是柴俊杰,一个是小战士朱伟宗。柴当时在总队参加"攻坚组"培训,躲过一劫;小战士朱伟宗那天接到通知让其到支队参加"十一比武"集训队,要求12日下午去报到,但没有车,小朱就没有去。中队长汤立旺知道后有些生气地命令:"你给我马上到支队报到!谁说到支队就要派车?坐九号轻轨车去!马上就去!"小朱被中队长劈头盖脸教训了一顿,老老实实地坐了轻轨车于傍晚前到了支队。

"中队长,我太谢谢您了!否则……"大爆炸后,小朱有一次异常感激地找到汤立旺中队长,偷偷向他致谢。

■王琪生前照片

■田宝健生前照片

■袁海生前照片

爆炸现场

"谢什么呀？你以为借故不到支队参加集训就是对了？给我记住：我们是消防队员，不管干什么，都必须时刻听从命令！"中队长怒斥道。

"是！"小朱向中队长行的那个军礼，足足有两分钟，一直等汤立旺走了很远才把手放下。小战士内心默默地念着四个字：算我命大！因为小朱心里清楚：如果那天他不到支队报到，当晚出警必定有他，而且他是前班车的战斗员。"你那天去了，不是'光荣'了，也一定是重伤。"大家都这么说，小朱自己也知道肯定是这样的命运。

小朱到了支队受训，晚上中队接到出警的命令后，走在最前面的"一号车"（即前班车）上的战斗员，换成了另外几个……

"我和他都在前班车上。"2011年入伍的湖南兵王盼，指指一旁坐着的2013年入伍的河南兵连天琪说。

"能谈谈你们在爆炸现场的经历吗？"我重复着在许多消防队员面前问过的问题。事实上他们回答的情况基本差不离，但即使如此，我依然感到他们之间稍稍的差异，也都是那样地惊心动魄。

在现场，谁也无法决定自己的生与死。生与死，在巨大的爆炸面前或许就是一个停顿，或许就是一个犹豫，或者就是多走一步，或许就是后撤半步……

保税支队天保大道消防中队因为他们平时作风严谨、战斗力强，所以当总队的出警命令一下达，他们是最早到达火情现场的消防队伍之一。毫无疑问，越早到的消防队，距爆炸核心一定是最近的。其结果，伤亡程度也一定是最严重的。

"开始我们都以为是一次正常的出警任务。但等车子快到跃进路拐弯时,就觉得这一次火情有些特殊。"王盼说,"后来我们的车开到距火场约一百来米的丁字路口停下,因为前面被其他消防车挡住了。"

"走,到前面去看看。"指挥员刘副中队长一挥手,王盼、连天琪和庞题三位年轻战斗员就跟着领导往前走。

前面的火情十分紧急。刘副中队长对王盼说:"调我们的前班车再往前,八大街中队需要支援。其他车和人员注意安全……"

王盼说:"我接到命令后,与天琪就往回走,边走边用对讲机跟后面的车辆联系,命令前班车'往前靠'。就在我们正好可以看到往前开来的前班车时,第一声大爆炸响起了……我一个激灵,钻进了路旁一个运集装箱的车子底下,并且对着手中的话机喊了几声'爆炸了!'……"

连天琪说:"第一次大爆炸时,我下意识地往后看了一眼,发现火光正朝我扑来,又下意识地转身就跑……但赶不过扑来的火光,我感觉一股巨大的热浪,将我推出几步,然后冲倒在地。倒地后,我发现头盔没了,耳朵像被无

庞题生前照片

宁宇生前照片

爆炸现场

数针尖扎了一样,疼得就想喊。这时我站立了起来,也是下意识的。而就在这时又一个更大的爆炸来了……这一次整个身子是被掀到天上似的又重重地摔下来一样,根本没有了重心。我发现自己倒在了路边的草坪上。当时还有意识,用四肢撑了一段后,看到身边有一个群众,头上全是血。他抬着头乞求我救救他,样子特别可怜。我就摇摇晃晃地站起来,走近他,费力地将他扶起,朝火场的相反方向走。没走出多少步,就看见了开发支队的一位消防战友,他也满身是伤。我们三人手搀扶着往外跑,结果跑着跑着,三个人一起摔倒在地……"

王盼追忆道:"第一声大爆炸后,我不是在用对讲机跟支队汇报'爆炸了'后就往一部车子底下钻了吗,等爆炸声刚过,我就赶紧往外钻,这时发现头盔没了,当时到处火球乱飞,我害怕头被飞来的火球击中,就连忙将战斗服往脖子上面提了一下。末后又掏出手机拨号想向支队报告时,第二次大爆炸响起了,好像我的手一松,就什么都不知道了……等再醒来有些意识时,发现身边的一个集装箱的车轮着火了,烧得通红。再一看,那集装箱旁边竟然还有几个人。我忙喊:'你们赶紧出去吧!车轮要爆炸了!'那几个人就跟着我往外走,这时我才发现自己有些抬不起腿,原来小腿发麻,再一看,知道自己的小腿完了。也奇怪,那个时候,只有一个念头:赶紧活着离开现场……我不知道自己后来到底跛到什么程度,反正能拖着一条残腿走出几百米的死亡线实在太不容易,而我就是这么走出来的。"

王盼是幸运的,他毕竟已经开始向爆炸现场的相反方向撤离。而与他坐同一辆车上没有下来的司机王琪和坐在王琪后面的战斗员宁宇正面对着火场,被连续两次巨爆化成了烟灰……班长庞题应该是与王盼他们一起跟着副中队长一起走向八大街中队的,但临近大爆炸的最后时刻,庞题与连天琪、王盼他们分开了——是永远地分开了。

"王子林傻了,一个人站在那里一动不动,脸上、胳膊和头顶上都是血。"王盼说。"我认出他了,他是中队第三辆车的司机。我看他那个伤样,便问:'麻子你没事吧?'他外号麻子。又问:'你能走吗?'王子林这回说话了:'能走。'于是我们俩不知出于什么样的心情,往爆炸现场看了一眼后,就往外撤。走不远,又遇见了自己中队第二辆车上的战斗员胡荣蒲。我问他怎么样,他回答说没事,其实他也伤势很重,只是在现场当时我们这些能活下来的人感觉自己能够站立起来走路的人,都认为'没事'。'有事'的不是已经牺牲了,就是倒在地上根本动弹不得。王子林伤势最重,他已经走不动了,我和胡荣蒲硬扶着他往外走。这时又遇见开发支队的一位战友坐在地上痛苦不堪地叫喊着,我把他扶起来,劝他赶紧往外走。刚扶起,他又摔倒了。这边的王子林也在说他不行了,走不动了。这可怎么办呢?我一看这样下去,他们都很危险,所以只好采取临时救援了——同胡荣蒲一起,将王子林和开发支队的战友拉到路边,让他们坐下。我就走到马路中央拦车。第一辆车没拦着,人家不停。第二辆是大车,但也只能坐两个人。我们就先把王子林扶了上去,又让开发支队的那战友也上去了。等那辆大车走后,我发现胡荣蒲怎么没了?所以只好独自一个人坐在马路上等人来

爆炸现场

救援……"

胡荣蒲说:"其实当时我已经走不动了,处在半昏迷状态。"

"你们第二辆车上几个人?"我问胡荣蒲。

"6个。郑毅排长带头,班长是刘小福,还有我、翟磊、司机田宝健和袁海。"胡荣蒲这样回忆,"我们第二辆车到达现场后,发现后车轮压着别的消防中队的水带。排长就让我下车去拖开那些水带。我刚下车,第一声大爆炸就响起了。当时我感觉火扑过来似的,不由自主地趴在地上。等爆炸声过后,我看到我们的车子玻璃窗全碎了,车子也在摇晃。我对司机田宝健说,你就别动车了,大家赶快下来吧!可还没有等我的战友们起身,第二次更大的爆炸声响了……等我再醒过来时,看到我们的消防车成了一团火在熊熊燃烧,人都不知到哪儿去了。"

胡荣蒲在现场当时有一点没有注意到:在他听令下车拖水带时,通讯文书袁海也一起跳下了车。袁海的任务是现场摄像,每一次任务中都有他的这一任务。这一次也不例外,但这一次等待他的是两次巨爆——后来没有找到袁海,找到的只是一堆认不清的遗骨……

班长刘小福回忆:"当时我和郑排长坐在车的同一侧前后排,司机田宝健与翟磊则坐在另一侧的前后排。我和郑排长这边恰巧靠爆炸这一侧。第一次爆炸后,虽然车窗玻璃全碎了,但我们都还清醒。郑排命令我们趴下,将头低卧。可是第二声大爆炸后,我一看翟磊还在,前排的郑排长和司机田宝健不知到哪儿去了……"

其实田宝健已经牺牲。郑排长命大,受了重伤,没大碍。

刘小福道："我一看靠我这边的车门扭扁了,翟磊说他那边的车门飞了。这时翟磊想站起来,结果没站成,一看是腰带卡住了。我就试着下车,没想到一下车就腿软了——我的腿断了,爆炸时被车门砸断的,只好就地坐下。刚坐下,就听有人喊:赶紧往外撤,这儿太危险了！我想动,但太困难了。这时看见中队第三辆车的司机王子林,他一瘸一拐地正往外走。他问怎么样,我说你走吧,我走不动了。他就摇摇晃晃着往外走,好像没走几步就跌倒了。我是后来被第三辆车的战友罗斌发现后背出去的……"

■ 天津消防开发支队现场找到战友遗体

■ 爆炸核心区的惨状

翟磊说："我把腰带卡解开后,再等下车时就见不到一个人了。我就喊,似乎有人在回答我,但就是没有人影。后来我明白,那是我自己的回声。哪知道,当时我的呐喊根本没出声音,是哑的,嗓子在冒火。'救命！'突然我

爆炸现场

听到有人在喊,细一看,发现一个集装箱里有个人,是个老百姓。他的腿断了,一步也走不动。我就背他出来,走了一段路,有辆车过来,就送他上了车。到现在我也不知道他是谁。送走这位老百姓后,我又折身回去找战友,没有找着一个人。这时我看见有消防队员过来,我们把一个受伤的群众扶上车,我跟着他们一起忙乎,后来突然眼睛一花,啥也不知道了。等醒来时,发现自己到了泰达医院。一住就是13天……"

爆炸现场:第二辆车的班长刘小福还躺在草坪上。

天保大道消防中队的第三辆车上共有4个人,在两次爆炸时,他们的车头正对着火场……

2014年入伍的新兵常凯凯回忆:"爆炸后,我在自己的消防车旁边看了一圈,没见一个战友,到处都是火球,感觉是世界末日到了。当时脑子里想了很多,但想不出个头绪。就在这时,一个通红的大铁片刷地从我身边飞过,好在我脑子没坏,身子一闪,躲过一劫。等我再想逃生时,却发现自己的眼睛看不清了,额上和头上,尤其是左眼在不停地流血,右眼已经睁不开,所以就不知东南西北往哪儿走了。瞎摸一段后,遇到了李英辰,我们车上的指挥员,我俩就肩搭肩地往外走,他好像还能辨出方向。"

罗斌说:"爆炸前我坐在班长常凯凯的旁边,我们俩一同被爆炸震出去的。等我醒来时,常班长不知到哪儿去了。但我看到草坪上躺着受重伤的前辆车的班长刘小福,他根本动不了,我就背着他往外走。走了一段,看到了常凯凯班长和副中队长李英辰,我就拼命喊他们,可他俩像啥也没有听到似的不理会我。我背着刘小福,累得不行,就靠草坪一起倒在地上。刘小福不行了,已经昏迷。我着急,用力拍打着草坪,想引起旁人注意。这时常凯凯班长和副中队长发现了我们,就过来与我一起拦车,将刘小福送上往医院的路。我们自己又拦了一辆工程车,完成了逃生的路……"

罗斌后来住了半个月的医院。

常凯凯伤势重,住院36天。

王子林是天保大道消防中队受伤非常重的一位,我采访时还在医院住着。其父亲王金保陪护,其父说:我13日中午就到了,因为老家河北衡水到天津不远。

"儿子的第一个手术是先做胳膊。"父亲王金保说。

"当时我坐在车上,火是从方向盘左边烧进来的,所以我的左手第四指骨折,缝了一排针。右手大拇指骨折……"王子林说。可以想象一下,大爆炸的那一瞬,巨大的冲击波夹着高温火团从王子林所在的汽车左侧袭来,当时双手握方向盘的他,除了面部和全身受伤外,握方向盘的双手竟然能被冲击得骨折。那么他和战友们暴露在外的头颅又会是怎样呢?一只只钢盔没了,即使系着带子,也都飞到了几十米甚至几百米之外的地方。头盔没了的头部便成了大爆炸的袭击对象……王子林的第一个大手术是13日早晨5点开始一直到中午12点30分才结束,做的是脑颅手术。

父亲回忆:"他醒来时不认识我们。两周后我们才感到放心了。"

王子林伸出胳膊给我看:"一共做了四次缝合。估计残疾了。"他说。

"遗憾吗?"我问。

"不。比起没有回来的战友,这算什么!"王子林毫不含糊地说。

我相信。

天保大道消防中队副中队长李英辰和其他参战的官兵们,也无一例外地先后被送进医院抢救。截至我到中队采访那天,仍有近10名伤员还在医院治疗。5个没有进医院治疗的战斗员则全部牺牲在爆炸现场……

10．爆炸瞬间留下的最珍贵"对话"

我得感谢交通部公安局和天津市公安局的积极配合。起初采访这一块是我感到心焦的事，而我又特别想了解离爆炸现场最近的那几个地方公安消防队的情况——他们几乎都是全军覆没……

承认失败和承担责任，是得有勇气的。关于天津瑞海危险品爆炸事故的整个责任问题，国务院事故调查组已经介入很长一段时间了，我知道专家们一直在紧张地进行着各种科学分析与现场调查，尤其是对那些责任人、责任部门的调查极其严谨与深入，相信很快会有结论。

老实说，像这样一场共和国历史上史无前例的大爆炸，又造成这么大损失，任何一个有良心的人，如果你在其中沾点责任的话，那么也没有什么可回避的了。勇敢地承担责任也是一种可以弥补的美德与品质，做人有多种做法，甚至死后还可以挽回一些负面影响。

天津港大爆炸事故全过程要反思的东西太多。这并非是我本文所涉及的主要内容。爆炸现场的有关消防队员们的英勇牺牲与战斗精神才是我最关心的，因为这是生命的强大与脆弱表现得最

爆炸现场

为真实的瞬间，而且作为人类永久生存下去的一种教训，将这样的过程和现场记录下来，其意义会超越事故本身的责任问题，它是我们人类与自己制造出的灾难进行斗争的一种血的教材，了解和铭记它可以使人类更清楚、更理智、更科学、更有良知地生存下去。

幸福总是在苦难中酝酿的。平安多数也是由众多危险垒筑而成。

天津港大爆炸发生后，公众知道地方消防队牺牲惨重，但大家并不清楚一个情况，那就是为什么？这也是我采访前一直想弄明白的。

机会来之不易，但它来了——

接待我的是一位"老消防"，警号为：005745。他叫崔振河。大爆炸发生地的地方公安消防支队四大队大队长。

"我们全队共有5个民警，43个战斗员，战斗员都是合同工。"崔大队长的话马上让我明白：这样一个消防队，其实除了5名身着

采访崔振河

制服的公安民警外,其余消防队员均为非正式编制人员,即聘用合同工。

"大队原来共有6辆消防车……"崔大队长看上去年岁近五十,说话很少。问一句有时还不能完整地回答你一句。

"爆炸遗留下来的惨象,很多亲历者一般都不愿意回忆了。"陪同采访的公安同志悄悄说。

"那天你们出警多少人?"我问。

"27人没有回来……"崔大队长看了我一眼,说。

"一个都没有回来?"我追问。

"有。有几个回来了。"接受采访的除崔大队长外,他身边有一位年轻的公安民警,叫王慧明,他比较清醒,"我原来不是这个大队的,爆炸事故后新调来当防火民警的。"王慧明说。

崔振河大队长开始回忆那天出警后没有牺牲的人员:"宋橙、陈英建……"他很费力说出两个消防队员的名字。

"是不是还有刘斌?"王慧明说。

"嗯,刘斌是。"崔大队长的记忆很成问题。从其表情看,似乎他很不愿意接受这样的提问。

"齐宏旺是不是?"王慧明又说。

崔大队长干脆头也不点了。看得出,他早已深深地陷入了长久的痛苦之中——许多从爆炸现场走过来的人都患上了这种病。是啊,换了谁都可能这样:昨天还是一支完整的队伍,一夜间几乎大半的小伙子们没了,作为大队长的他,那是一种什么感受与滋味?

无人知晓,唯有崔振河自己心里装着。

他原来的四大队驻地已经一片废墟。因为他的大队就与瑞海公司的院子一路之隔。那条路现在已经没了,原来叫跃进路吉运一道。不知谁起的名字,"吉祥运输之道"——天津港区条条都是道,通向瑞海公司的这条"吉祥运输之道"自从这个公司源源不断运进化学危险品后就再也不"吉运"了,最后连整个跃进路在内的所有"吉运"之道全都化为了焦土与废墟。

我第一次了解到这个情况后,心头顿增惆怅,同时也为某些单位感到悲哀。尤其是这个港区的公安消防支队,因为他们的支队部和所属的消防四大队恰恰就与发生大爆炸的瑞海公司是邻居——不是很有些讽刺意味吗?

或许是瑞海公司的老板太心黑太狠了:明明知道公安消防就在隔壁,他就胆大妄为地把危险品源源不断地运到他们的眼皮底下。要不就是大家都习以为常了,没有把那些闻一下就会死亡的剧毒品放在心上……你们可以无视他人的生命,但你们就这样不珍惜自己的生命吗?"我们早在那个地方工作。那时还没有瑞海公司呢!"天津港区消防支队的人告诉我。

一切都是废话了。现在我想了解的是爆炸最核心区的所有细节和现场情况——

崔振河是仅有的几个活着的知道爆炸核心区前后情况的人,从他嘴里"撬"出的每一个字都极其珍贵。

他说了:"我们那个院子附近百姓都知道是'公安基地',里面除了我们公安消防支队和四大队外,还有一个交警支队和跃进路派出所……我们的门牌号是855号。"

天哪,瑞海公司的老板真是胆大妄为,竟然对着隔壁的"公安基地"发动了一次如此震惊中外的大爆炸!看来,有关部门和单位确实该严防眼皮底下的那些盗贼与极端狂妄分子了!

当晚在"855号"公安基地第四消防大队值班的是教导员张干生。

"张干生是今年春节前才调到我们大队的。"崔振河大队长沉痛地说,"巧了,那天是他当班……"我们都清楚,如果不是张干生值班,那崔振河今天就不会坐在我的面前了。

命运就是这般残酷!

"那天晚上大约10点多钟,大队刘副支队长打电话向我报告:说瑞海着火了。我家在港区外,一听这情况我就赶紧穿上警服,开车直奔大队部。瑞海太熟悉了,天天挨着的近邻。它要着火了,就非常危险。因为我们都知道它是危险品转运公司,到底有多少危险品,还有没有我们不知道的危险品,使我一下把心悬了起来。所以直奔现场,车子开得很快……到了跃进路后,完全惊呆了:前面一团好大的火球,朝我的车直冲过来……等清醒过来时,发现玻璃全部碎了,几扇门扭得弯弯曲曲不像样了。好在车子没翻,我是从副驾驶座位上钻出来的。当时耳内已经听不到周围的声音了,手脚全是麻的。我估算了一下自己当时的位置,距爆炸中心地带差不多三百米。四周一片漆黑,天上不停地掉渣、铁片,它们不是带着火,就是冒着烟。我猜想这回麻烦大了,我的队伍肯定凶多吉少,所以就往里走。可路上不能走,掉满了各种铁片碎物,多数还在燃烧。就走绿化带。途中遇见一个伤员,将他背到绿化带上,便赶紧到处打电话求助,但都不通。心里想着自己的消防队员,又赶紧往前走。见了一个受伤的消防队员,他有一个手电,我们就一起往爆炸地走去。先到了我们公安基地院子的办公楼,一看,啥都没了,只剩下一个框架,那情形真的太吓人了……"

崔振河有些讲不下去了。后来我知道了当时的一个情景:大楼的门卫宋陆陆竟然活着!是崔振河他们在这个门卫平时值班室的后面几十米处发现了他。几个人想方设法地将宋陆陆沿着进来的原路将其抬到了安全地带。崔振河等又返回院子,到他工作的那栋楼寻找战友。

"一、二层是我们消防大队的,三、四楼是支队机关的。"崔振河说,"一层的人不知到哪儿去了。二层不好上,梯子全扭曲了。费劲上去后找到了一个聂金星,当时还有生命特征,就将他抬了出来,后来到了医院就死了。楼上还有几个就不用说了,都已经牺牲了……"

"在院子里没有找到自己的战友,我就跟着来支援的六大队同志在院子内外和跃进路一带找,记得先后抬出了13具尸体。13日当天我们进不了瑞海那个院子,现场仍在到处爆炸,大大小小的,火光冲天。"崔振河说。

"14日我进到了瑞海院子,也就是爆炸核心区。当时现场到处在燃烧,还不时有爆炸声。也顾不得危险不危险了,我只想寻找到自己的队伍,他们到底在哪里?是个啥情况……"崔振河开始哽咽了,"搜索到大水坑和一大堆集装箱旁边时,我看现场三三两两、横七竖八地躺满了我们的消防队员……我抱起两具尸体,却发现太轻太轻,一碰就化了,碎了……当时就像我的心碎了……"

崔振河大队长说到这里,竟然抹了一把眼泪,甩袖而去。

我感到震惊,但又马上理解了他。这时,我发觉自己的眼眶是热的、湿的。

太惨了!无法想象的现场!

"我说说吧。"一直在旁边听崔大队长回忆的王慧明接话。

"你说。"我点头。

"我介绍点情况,可能对你创作有用。"小伙子说。

我想他原先既不是这个中队的,当时又没有参与到大爆炸之前的那些出警消防队伍之中,他会有什么有价值的东西?

我错了。从小伙子的口中,我了解到了大爆炸现场最为珍贵的一段"对话"——太珍贵了,这也许是爆炸时唯一让我们可以知道到底是怎么回事、我们的几支最靠前的消防队如何"全军覆没"的真相。

左一是王慧明,中间是崔振河

爆炸现场

王慧明讲道:"我原来的消防六大队,驻扎在临港产业区。由于距12日晚上出事的瑞海公司比较远,所以那边起火时的第一批出警队伍中没有我们大队。这里面有个特殊情况:虽然当时我没有在大爆炸的现场,但偏偏可能我是唯一最掌握爆炸前那几分钟里所发生的现场情况的……"

"怎讲?"此话令我暗暗大吃一惊。

"因为12日傍晚时分,我们六大队出了一个警,是一个小区出了火情。大约9点钟我们完成任务后回到大队驻地。我是那次出警的领班人,负责现场所有战斗行动。手中持着一台对讲机。那对讲机与全支队所有的对讲机在同一个频道上,也就是说,其他消防队与支队联系或通话,我都能听到。"王慧明说,"完成那个小火警任务回到驻地后,我想起了在出警前,支队值班室值班的赵勇科长曾要求待我们的任务结束后向他报告一声。由于我磨蹭了一会儿,没有及时向赵科长报告。到了10点来钟,我就听电台里赵科长喊道:'五大队的警力都调过去,去瑞海。'又听五大队大队长说:'我们的队员还没睡,可以立即投入战斗。'一会儿,电台里又响起五大队大队长赵飞的声音:'赵科长,我们已经到达现场,嘛任务?请指示。'就听赵勇科长又大声喊道:'撤退!撤退!快撤退——'与此同时,电台里立即传来一声巨响,响声很短,短得我根本没有听清是怎么回事时,我突然感觉身子摇晃了一下。当时我以为自己是不是出现了错觉?而就在这个时间,第二次大爆炸声传来了……这一次我所在的地方虽然距瑞海爆炸地有近二十公里远,但地动山摇的震荡和远远所看到的冲天火球,清清楚楚。而对讲机已经没有声音了……"

至此,我才明白王慧明提供的这段来自对讲机的"现场对话",是何等地重要与宝贵。它是我所知的那些牺牲的消防队员们在大爆炸之前最具体、最真实、最生动,也是最重要和最后的一段记录。同时,它又直接或间接地向我们证明了许多东西。

我从心底里无比感激年轻的民警王慧明。

王慧明自己的故事才刚刚开始。他的对讲机里什么声音也没有了,可他的手机这时响个不停。

"老公!老公我快要死啦!"是身居距大爆炸现场特别近的一个叫"金域蓝湾"小区的妻子正向他哭诉和求助。

天!王慧明的头一下"嗡"地晕了。但他毕竟是消防队员,马上清醒地对生死线上的妻子说:"冷静!不管什么情况,先保护好自己……你下楼到大街上找个空地待着。听到没有?喂!喂喂?"

妻子的手机断了。再也打不通。王慧明两眼一黑,身子摇晃了一下。

"慧明!慧明你在干什么呢?知道什么情况吗?"手机又响了,是自己消防队的大队长打来的。

王慧明清醒了一下自己的脑子,回答道:"是四大队旁边的危险仓库爆炸了……"

"啊?那——上面有没有下达什么命令?我们的任务是什么?"王慧明的大队长立即着急地一连催问。

"上面?我们的'上面'估计已经没有了……"王慧明悲观地对大队长说。

爆炸现场

手机沉默。立即又听得大队长的声音："不管什么情况,我进队,你回家救老婆!"

王慧明竟对大队长固执起来："不行,摊上这么大的事,我怎么能只想自己家里的事?"

话尽管这么说,但王慧明也确实为与爆满炸地近在咫尺的妻子着急,电话、手机一起打,拼命打,但就是不通。

其实,这时的爆炸现场方圆千米之内的居民小区和单位群众,全都处在极度恐慌和生死逃亡的时刻。王慧明的妻子在逃命之时,后背被砸,好在不是太严重。这是很多天后王慧明参加完抢救战友的战斗后回家才知道的。

现在他王慧明要到爆炸现场执行任务。

他和大队长差不多同一时间到了大队部。"没有上级的命令我们大队是不能随便动的。"大队长急得团团转,一边是火光冲天,兄弟消防队的战友们全无音讯,一边又是驻守于石油化工小区的消防职责——消防六大队最核心的任务就是看好身边的这个石油化工重地!

"上级没了。我们不能眼睁睁地连上级都不去救呀!"大队长的眼睛红了,"妈的,不管他了!去现场!救人要紧!"

大队长与民警赵国强各带一辆消防车,向爆炸现场飞驰而去。

王慧明则和另一位民警王磊开着警车紧随其后。

这一夜的凌晨时刻,天津港区的所有高速公路和普通公路上,无数飞驰的车子都在奔向爆炸现场,都在为自己的战友与亲人的生命担忧……

但王慧明等人到达爆炸现场后，他们全都傻眼了：一切都在燃烧，一切都已烧尽，一切都完了……

"比如我现在的四大队，所有出警的人员几乎全军覆没。"王慧明虽不像崔振河大队长的内心受伤那么重，但年轻人的内心也不平静，"把我调过来，就是考虑剩下的这支队伍怎么带。这是个大问题。崔大队长从事故发生到现在没有休整过，我们四大队原来的驻地没有了，换防到了这个新地方，人员也重新补充了18位。但这些合同工消防队员仍然缺乏经验，需要增强战斗业务培训，全大队专职民警就我们几个，你都看到了，就下面这些人……"

王慧明指指简易楼下排着队的新四大队消防队员们如是说。

"学习雷锋好榜样，忠于革

消防员在抬运尸体

向遇难者致哀

125

爆炸现场

天津消防队的新生力量

命忠于党……"吃中饭前的消防队员们排着队在唱歌。虽然他们并非是武警消防部队，但这里的合同制消防队伍也是军事化管理。只是我看着这样一些刚刚经历生死残酷考验的年轻消防队员们一脸的疲惫相，内心格外痛楚。

11．派出所的故事

在整个爆炸现场的采访后期,我突然发现还有一支队伍没有事先纳入视野,那就是与爆炸核心区近在咫尺的跃进路公安派出所。前面已经说过,在与瑞海一路之隔的"公安基地"大院内,共有4个公安系统的单位驻扎于此。其实还有一个单位也驻于此地,那就是跃进路派出所。

"我们所共20个民警,2个协警,10个保安员。"副所长宋洪源在接受采访时介绍道,"所长陈学东还在医院治疗,他的眼睛一只不行了,身上共缝了70多针。教导员王万强在当晚就牺牲了……"

"我们港区公安是这次爆炸中损失最惨的单位。许多人不知道真相,还对我们公安队伍有不少看法,其实我们真的很委屈。这次所有牺牲的人员中我们占了92个,其中12个民警,80个是消防战斗员。受重伤的有53个,四五十天过去后,他们中仍然有十几个人还住在医院没出来呢！"一位死里逃生的天津港区公安局干部很压抑地跟我说这话。

"当晚在现场时,我们在家的局领导干部都自觉主动地赶到了现场。两声爆炸,死的死,伤的伤,彼此都处在'失联'状态。可就

爆炸现场

在这时,各个层面的'上级'都打电话给我们,可又找不到我们。第二天有领导就怪罪下来,追问我们'为什么不接电话?'你让我们说吗呢?我们当时就差那么一点也被炸死,还有手机吗?现场那么乱,哪儿去接电话?不可能的事!因为没有电话,因为没有联络工具,因为没有任何装备,最初的爆炸现场救援,是我们全靠手拉手、命搭命在进行的生死救援!是在与宝贵的时间、不断爆炸的危险剧毒品殊死决战!我们都是在第一时间赶到现场后,就往火场里面冲,大家当时啥都没去想,更不会去顾及有没有剧毒品,会不会对自己身体有啥伤害,一心想的是救自己的战友。后来冲进去一看,我们的人死伤太惨了,就赶紧在现场能救一个算一个……"

这位天津港公安干部有些愤恨不平地:"有些话我必须说一说,作为人民的公安,保护人民是我们的职责。这一次也是这样,如果不是我们公安干警在爆炸前的现场劝阻和驱赶围观群众,将数百人及时从跃进路一带引领到安全地带,后来爆炸所造成的伤亡肯定不是现在的这个数字。再想告诉你一件事:这次我们局牺牲的人员最多不用说,光牺牲的领导干部就有一大串:副局长兼消防支队队长陈嘉华,分管跃进派出所工作的港北分局局长刘峰,一、四、五消防大队中两个大队长和一个大队教导员,一个派出所所长、局消防指挥中心副主任等都牺牲了……这是摆在大家面前的事实!不用任何粉饰,我们的公安干部就是跟平常一样:哪里最危险,他们就冲锋到哪里,而且总是冲在最前面。这次大爆炸现场的情况,更说明了我们的干部和公安干警们都是过硬的,是在最危险的时候冲在前面的。他们值得我们骄傲。可惜的是,他们都还年轻,就这么走了……"

当晚负责现场指挥的支队消防科赵勇科长就是这样一位英雄。"赵科长是从现役消防部队转业到我们局里的,个人战术素质超强,身经百战,从不含糊。他的家在市区,爆炸前几个月,家里托人曾想请求局里放他在市区离家近一点的单位工作。可局领导觉得他业务强,没有同意他调动。赵勇二话没说,埋头坚守在消防一线。44岁的副局长陈嘉华,是交通部的专家组成员,业务也是顶呱呱的,升职港区公安局副局长才半年,人就没了……你说我们咋跟他爱人说?爆炸那天早上,陈嘉华的爱人就赶到爆炸现场,见了我们局里的人就问:'我们家嘉华在里面,你们看到他出来了没有呀?'我们不知是说看见了还是说没看见呀!后来嘉华的爱人自己到一个个医院去寻找、去等,哪里等得到嘛!我们看了

跃进路派出所爆炸前后

爆炸现场

心酸又心疼,想去安慰她,又不敢去见她,那些日子里,我们局里的同志面对一个个牺牲的战友的亲属,既想躲,又不能躲,天天诚惶诚恐,不知所措,心里比压着石头还难受……"

只有经历爆炸现场的人,方知那一刻人与人之间如此复杂的情感和心思!许多消防队员和公安干警的家属,听说港区爆炸后,都担心自己的亲人遇难逢险,从四面八方拼着命赶到现场、赶到医院,四处打听和寻找他们的亲人,但几乎所有的努力在当时都是白费。那当口上他们的焦急与期待,无法用语言形容。天津消防总队的一位干部家属对我说:她是睡到半夜1点多才发现自己的丈夫这夜没有回来,连忙起床打手机,结果怎么也不通。后来有人来电告诉她港区大爆炸了,于是她就穿上衣服开着私家车直奔爆炸地。但哪儿去找自己的丈夫呀!问部队的同志,都说不知道。她急死了,绕着爆炸现场走了几圈,想冲进去寻找亲人,又无法接

在天津港分局采访

近。看着来来往往的救护车从身边一辆辆过去,她又赶到医院守候,一直蹲到天亮7点多才知道自己的丈夫原来在抢救伤员时丢了手机,现在正在现场指挥灭火战斗。

听到这个结果,那位消防干部家属顿时瘫坐在地上,足足哭了半个来小时,然后破涕为笑,说:"我知道他这个人死不掉,最危险的消防工作他还没干够瘾呢!"

然而,像陈嘉华等彻底"失联"的公安民警、消防队员就不那么幸运了。据说,他们的家属或亲属们自13日两三点钟开始,纷纷自发地赶到了爆炸现场,或到了港区公安局、市消防总队、支队、大队,甚至消防中队驻地,来向单位询问和寻找自己的亲人。

亲人在何处?何处是亲人?公安和消防人员的家属们哭的闹的,甚至疯的都有,他们只有一个愿望:想尽快知道自己的亲人到底怎么样了?

没有人能告诉他们的亲人在哪里,更不知道他们的亲人是死还是活。

有个消防队员告诉我,他看到陈嘉华的家属在泰达医院门口守着每一位抬进来的伤员,便疯一样地迎上去看一眼,每一具被抬到太平

■ 刘峰生前照片

■ 赵勇生前照片

■ 陈嘉华生前照片

131

间的尸体也去细细辨认。多少次见她瘫坐在地上,呆呆地半天不说话——"有的已经牺牲的消防队员抬到医院时,形状太恐怖了,像烧焦的炭一样,一团灰墨似的,啥都看不清了,你说她看了不晕倒?!"

陈嘉华是大爆炸一周后的20日才找到的。"牺牲后的嘉华其实啥也没有了,我们只是根据现场搜索到的一只鞋的大小模样判断是他……"他的战友同时还告诉我,"北港分局局长刘峰同志也是当晚得知火情后赶到现场处置围观群众时牺牲的,他的尸体一直到8月26日才找到,全部腐烂了……"

刘峰在天津公安系统是位"名人"。大爆炸之前,在公安部与中央电视台联合举办的第四届"我最喜爱的人民警察"评选活动中,刘峰作为全国交通公安系统唯一的一名代表参选,并获得"全国特级优秀民警"的光荣称号。当时刘峰还是天津港区公安局经侦支队支队长,有关介绍他的事迹这样说:"在经侦工作两年多时间里,刘峰破案31起,抓获犯罪嫌疑分子21人,挽回经济损失4000余万元,还在工作之余资助多名贫困大学生。"刘峰的事迹在央视播出后,其个人博客开通后,"粉丝"达27万人之多。但就是这位"人民最喜爱的警察",在三个月后的这场大爆炸中英勇献身。

"你应该到跃进路派出所,跟一线的民警聊聊,他们是最现场的一个集体。"陪我采访的公安同志说。我说那是肯定的。

最初采访的计划中没有跃进路派出所,但随着"爆炸现场"的谜团慢慢"拨"开,我所要追寻的消防队员"现场表现"其实应当包括跃进路派出所的民警们,因为他们虽然不是消防战斗员,但几乎每一场灭火战斗现场,都有协助维持外围和现场秩序的公安民警,他们是战斗人员的一部分,忘却他们是不对的,尤其是天津港大爆炸事件。正如一位天津市公安局领导一再强调的那样,假如没有跃进路派出所民警们在当晚现场处置围观群众,那么整个爆炸事件中伤亡的人数就绝对不是现在这个数,或许增加一倍两倍之多。

公安民警的这一功劳应当被记录在案,否则不公平。

那么,跃进路派出所的民警和保安人员当晚在爆炸现场做了些什么?他们的表现又是怎样呢?

"当晚,所里值班的有5人,教导员王万强,民警陈伟轩、张凯和李宝安,还有1位协警张洋。平时我们所里3位领导所长、教导员和我是轮流排班。我是前一天即11日的班,陈所长排在13日的备班,教导员王万强正巧是12日当日班。"来到跃进路派出所,副所长宋洪源说。

"当晚爆炸响起后,我在家里立即给所里联系,但没有人接。其实那个时候,派出所已经被炸粉碎了。"宋洪源说,"我正想跟陈所长联系,这时邢敬增警长给我打来电话……"

邢警长插话:"可能陈所长先跟副所长联系时宋副所长正在给所里打电话,于是陈所长把电话先打到了我手机上。他问我睡了没有,并告诉我辖区内着火了。我一听就赶紧从床上跳起来,穿上衣服下楼,再开车向新区方向急驰……就在中途,突然一声巨响,是第一声大爆炸响了。我猛地踩住了刹车,停在旁边的桥下。当时不知为什么有那么大的震荡和响声,也不知道是啥爆炸了,但震荡和响声太明显了!我心里隐隐约约地感觉这是不好的兆头,就

爆炸现场

掏出手机想跟所里同志再联系一下问问情况。就在这个时候，第二次大爆炸声响起，这一次太厉害了！我手上的手机不自然地从我掌里飞了出去，落在后车座旁一米多远处。回头再往响声和着火的方向看去，见一团蘑菇云腾空而起，好高好高……

"这时我已经多少明白今晚将是我们所里遇到的一场前所未有的大灾难了！"邢警长说，"许多领导都联系不上了，我试着给上司、分局长刘峰联系，没回音。我又回头给宋副所长联系，这回拨通了……"

宋洪源副所长说："我接到邢警长的电话时，已经赶到了基地附近。程晓军警长也随即到了。不一会儿邢警长也到了。在初步判断前面的现场灾情后，又一时联系不上所长与教导员的情况下，我们三人一商量，决定成立现场紧急指挥小组，投入处置眼前的爆炸事故与营救战友的战斗。这个时候，大爆炸刚刚过去，现场的小爆炸到处都是，火光冲天，四处火球乱滚，极其危险。但我们心里着急，知道自己的兄弟们和基地都在爆炸核心地，不能耽误半分钟时间！所以根本顾不得自己的个人安危，便往里冲……就在这时，我们也见到了局里的卢政委，我们一起往里走。先见到了一位保安，把他救了出来，但伤势太重，医生没能将他抢救过来……对不起，我有些说不出话了。"

另一名警长程晓军接过宋副所长的话，说："当晚我听到爆炸声后，马上下楼，刚到一楼就接到宋副所长的电话，就开车奔现场过来。我们所里几个人会合后，简单地说了几句就往里走。可是太难走了，像踩地雷群似的。在距爆炸点一百五十米左右的地方，看到路上躺着一个人,血肉模糊的,就赶紧去救他。上前一摸,死了。只好将他拖到一边。又往前走,到我们派出所的楼边一看,心里透凉透凉的,整个楼只剩下一个架子,还不时有烧焦的框框和杂物往下掉。喊了几声,没有人回答。这个时候,突然在爆炸中央有噼啪作响的新爆炸物四处乱飞。我就往外退,退到路边的草坪上,见有三个躺在地上的伤员,有一个只穿了裤头,问他是哪个单位的?他说是交警。另外两人连话都不能说了。我对他们说,赶紧往外撤吧!我扶着那个不能动的,又带着两个勉强还能走路的伤员往外撤。把这三个人安置到稍安全的地方后,我又往里走,这回到了院子的东门,发现一名保安,还活着,就背着他往外走。这个时候,宋副所长也赶到了,还有程晓军,我们几个把受重伤的保安救出危险区。等再回头往爆炸现场走时,陆续看到不少受伤的群众一个个抱着头、擦着血,惊恐地朝外面走。这时我的手机突然响起,对方急促地问:'你是程警吗?'我一看手机显示的号,惊愕不已:因为这是个山东泰安的手机号……"

这到底是怎么回事?

程警长连忙问:"你是谁呀?"

"我、我陈伟轩呀!"

这一声把程警长吓了一大跳:"伟轩?!真是你啊?"

当晚值班的警员中有陈伟轩,这是程警长知道的,但他不明白陈伟轩为什么用的是泰安的手机?

"是我,我是陈伟轩呀!你快来救救我吧!快……"对方的手机里传来哭泣的声音。

爆炸现场

"伟轩,伟轩你不要着急,你怎么样了?"程晓军警长急切地想知道自己的战友什么情况。

"我、我的右脚不行了!你们快来吧!快来救救我……"陈伟轩似乎用着最后的一点力气在呼叫战友。

"好好。我们马上就来。"程晓军知道当务之急是把陈伟轩救出来。这也是他和所里同志走进爆炸现场获知的第一个仍活着的民警同事。"你能告诉我你在哪个位置吗?"程晓军问了一个根本的问题。

"周边全是散落的集装箱……好像在信通和安邦货场中门的围墙边……"手机那边的声音夹杂着"呲呲啦啦""噼噼啪啪"的声音,程晓军勉强能听到陈伟轩的话。

"好!我们马上过来。你要坚持!坚持住!"程晓军立即把陈伟轩的求救消息报告给了陈所长等,这顿时让派出所的几个公安民警兴奋起来,这是爆炸现场传来的第一位仍活着的民警消息,很快就连天津市公安局、国家公安部的领导都知道了。

"不惜一切代价要把陈伟轩同志救出来!"领导们的眼睛也都红了。

很快,现场的跃进路派出所的同志组成两个搜救队向陈伟轩求救的方向前进。

那是一段惊心动魄的营救之路——

警长程晓军回忆:"我接到任务后,带着张富有和李德旺两位民警分头朝火焰冲天的爆炸核心区前进。李德旺走得很急,他绕道到东海路,结果中间有条排污河,因为水很深,过不去,就又沿东海路走了一圈，没成功。这时市局领导把电话打到我手机上，听说救援遇到困难，命令我说：'就是搭桥，你也要给我把人活着救出来！'我二话没说，就选择了另一条线路往陈伟轩所在的大致方向进发……"

大约几十分钟后，程晓军与李德旺成功会合。

"伟轩，你现在怎么样了？"

"坚持啊伟轩！我们就在你不远的地方。"程晓军等为了不让生命垂危的陈伟轩睡着——因为失血过多的伤员最容易睡着，而一旦睡过去就极其危险，他们一边走一边不停地喊着，鼓励着对方。

就在程晓军和李德旺他们走投无路时，手机里传来陈伟轩有气无力的话："我在这里……离你们不太远了。"

"伟轩！伟轩你在哪里？"程晓军警长一听，赶忙朝四周纷乱

爆炸现场变了形的集装箱

137

的集装箱堆左右察看,寻找危难中的战友。

与程晓军形成另一个搜救力量的是李德旺。坐在我对面的一位警察这时插话说:"我就是李德旺。"

"啊?! 太好了! 你说说。"我急切地,像一个听老师讲故事的学生。

李德旺说:"我跟陈伟轩是好同事,平时亲如兄弟。当晚,得知自己所里处在爆炸中心后,我就奉命往爆炸现场赶。开车途中就突然接到一个电话:'德旺,救救我'。我一听是陈伟轩,便回头问他怎么回事时,就再也没有通成话。等我赶到现场,知道所里正在组织营救陈伟轩,就主动请战。那个时候进现场救人也是要准备牺牲自己的。但我已经知道自己的好战友处在生死线上,说啥也必须进去救他!"

李德旺后来带了4个保安,成了营救陈伟轩的最大功臣。几乎与程晓军警长同时听到陈伟轩那一声"我在这里……"的声音时,李德旺迅速向四面零乱的集装箱堆中的每一条缝隙察看——

"他在那儿呢!"李德旺突然在一条狭缝里看到了陈伟轩。他的眼泪一下涌了出来。平时不爱嚷嚷的他,这时大声喊道:"兄弟——我来啦!"

"德旺……你终于来啦! 呜呜……"当李德旺出现在自己面前还有十几米的地方,这边的陈伟轩早就远远地颤动着双唇,说着只有自己才听得清的这句话。

"伟轩! 伟轩你太伟大了! 你能活下来真的太伟大了!"抬着满身是血的陈伟轩,战友李德旺哭了,几乎同时赶到的程晓军也哭了。这些平时见过多少生生死死场面的人民警察们很少掉眼泪，然而此刻他们像受了几辈子委屈的孩子，个个哭得像泪人似的。他们冲着仍在熊熊燃烧的瑞海公司爆炸现场，他们知道在那熊熊燃烧的大火里，正是他们的公安战友和消防战友们的骨肉在被无情的爆炸烈焰吞没着……

"找到教导员了吗？"陈伟轩突然止住哭声，问战友。

战友们摇头。"我们还想问问你呢！听说当时就你跟他两人一起在外面的火场拉线劝离围观的群众离开现场？"程晓军想核实这一细节。

"是。"陈伟轩没有被炸蒙，还能记得当时的情形，"我跟教导员两人在距火场很近的地方一直盯着，劝走了几批围观者。后来教导员看到火情越来越严重，就往里走去，让我在警戒线那里盯着，就在这时，大爆炸响了，一连响了两次。第一次我还有点意识，好像被掀倒了。第二次醒来时，发现怎么滚到了距火场大约有一百五十米的地方。也不知过了多长时间，我就从集装箱堆里钻了出来，结果看到旁边车底下有个人，死了。我就摸了摸他口袋，找到了一部手机，于是就给德旺、给宋所长你打电话……"

原来如此！程晓军他们这回才明白，那个说着陈伟轩的话、地区号码则是"泰安"的手机原来是这么回事。

至此，拯救陈伟轩的战斗并没有结束。由于爆炸造成陈伟轩的伤势特别严重，随时有可能在送往医院的半途中出现意外。

"要是陈伟轩出了意外，我就拿你们几个的命来抵！"天津市公安局的领导用这样的口吻警告程晓军他们。

爆炸现场

"我们把陈伟轩送到医院时,医生竟然先把我拉到了急救室,原来他们看到我浑身上下都是血,其实那些血都是陈伟轩的。"程晓军说。

"接下去的情节我来补充吧。"坐在一旁还没有说过话的一位民警这时插话道,"我叫冯宝军。当听说宋副所长和德旺他们救出伟轩后,我就在泰达医院负责接应。过一段时间后,我看到一个满头是血的人从急救室里走出来,那'血人'的身边有一位治安警官我认识,姓王。他叫住我,说冯警你不认识你所长了?他这么一说,我就上前认了下那个'血人',这回看清了:是我们的陈所长。他的眼睛坏了。我立即喊了起来:'医生在哪儿?'可整个医院就没一个人回应。当时医院乱成一片,找不到医生。过了一会儿,见到一位穿白大褂的,我就拉住他,让他给陈所长看眼睛。那医生仅瞅了一眼,就立即一挥手:'上手术室!'一问手术室在四楼呢!我就背着陈所长往四楼走。不到几分钟又下来了,因为那里没有眼科手术的医生。我只好又背着陈所长下楼。等再找医生时,人家说:这里不行,人手不够,要抢救更重的伤员,让我们另找医院。这下把我急坏了!说什么也不愿走,非要医院立即把眼科医生找来给我们陈所长马上做手术。那医生迟疑了一下,打电话给还在家休息的眼科医生,让他迅速赶到医院。还算好,那位眼科医生可能住得不远,没有多少时间就来了。我送陈所长进了手术室,一进去就是5个小时……"

"真是要命!"我不由发出一声吁叹。

"还没完呢!"冯警官说,"我从手术室出来到了一楼,就见到了德旺他们，也见了垂危中的陈伟轩。德旺与陈伟轩平时关系就好。这会儿我见德旺推着小车，像飞似的往医院里面奔跑，我瞅了一眼陈伟轩，帮着德旺推车直奔急诊室……刚把陈伟轩交给医生，转头一看德旺这家伙倒在了地上——他是累的和现场吸了有害毒气时间太长才倒下的。我忙不迭地又把他送到抢救室。医生粗粗一看，塞过来一个吸氧气管。半个小时后，德旺醒了。'你在这儿陪着所长和伟轩，我还要回现场去……'清醒后的德旺摘下氧气管，扔下一句话就走了。当时我看着他的身影，眼泪夺眶而出。老实说，像李德旺这样的同志，平时在所里并不是表现最好的，可在这个时刻，他的表现让我无比感动、无比敬佩！"

战友间的真情，在战场上才会表现得最炽烈、最真挚、最亲切。曾经也是军人的我，深深地明白这一点。

"派出所的故事"是整个爆炸现场不可或缺的重要部分。他们的悲壮牺牲和救护了现场数以千计周边群众生命的功绩，应该让我们铭记。

冯警官则在最后时刻，给我讲了一个竟然如此特别的事故——

12. 火线"绝密行动"

冯警官的话一出,我连连倒抽了几口冷气。

他这样说:"派出所被大爆炸轰得粉碎,但外人不知,当时我们全所的武器,也就是说我们的枪支弹药处在无人保管之中……这是太危险的事!当我们在现场抢救战友刚刚清醒过来时,又突然想到了枪支弹药。枪支弹药是我们的'第二生命',甚至有时比第一生命还重要。尤其像突如其来的失控现场和意外事故期间,比如这次爆炸现场,完全没法控制,如果有坏人趁机抢劫我们的武

被炸毁的警车

器,该是多大的危险!"

天哪,这可是大事!我立即意识到这一意外的"意外"如果一旦再泄露到社会上,将使天津雪上加霜,同时面临又一个"大爆炸"……

这事,绝对不能发生!

绝对不能发生的硝烟仍弥漫在新区爆炸现场!

"有多少枪支弹药?"我紧张地问冯警官。

"21把手枪,350多发子弹……"他说。

上帝!倘若这些武器被不法之徒、被恐怖分子拿走了该是何等危险!必须立即坚决地夺回。中央和公安部门对此极度重视,而且不能泄露一点儿消息。

爆炸现场完全失控,谁能保证不出意外?

时间!时间就是保障!

时间!时间就是生命!这生命关乎的有可能比大爆炸本身还要严重,它一旦被坏人利用的话,其后果超过危险品爆炸本身。毕竟,瑞海危险品爆炸多少有些非人为的直接因素,而武器丢失所造成的破坏则是另一码事,它带给我们的危险就不再仅仅是天津地区了!最可能是北京,可能是最热闹的王府井……倘若如此,人民怎能还会有原谅谁的理由?

"我们都感到了责任的重大!而且这样的事以前从未遇见过,如何处置确实非同寻常。"冯警官说,"13日后,爆炸现场全部转交给了部队,我们想进去也得经过事故指挥部批准呢!"

情况紧急又特殊。抢救枪支弹药的行动得到了批准,并"必须

爆炸现场

严格保密"进行。这是中央和公安部特别给跃进路派出所冯宝军等几个尚能战斗的民警下达的绝密命令。

"任务落在我身上,因为我是所里枪支弹药的保管者。"冯警官说,"经上级批准,我带着治安支队副队长王跃和邵东英警官执行现场任务,其他人在我们后面接应。"

"当时我们遇上一个随时可能的考验:枪械柜和弹药柜随时爆炸……"冯警官说。

"为了确保安全,同时还必须清楚每一把枪、每一颗子弹明白无误地知道它们的最后结果。最理想的行动效果是:一点不差地将枪支弹药全部抢救出来!"领导向冯警官等强调了这一点。

"可是爆炸现场的情况并不是我们所能人为控制得了的。13日,甚至到了十六七日,现场的各种小爆炸就从来没有停止过。说是小爆炸,其实威力也是相当大的,能把汽车翻跟斗,能把集装箱爆出几米远的,时常有。"冯警官回忆道,"老实说,当时谁也不可能打包票说我们的枪械柜、弹药柜不随时爆炸,或者可能在前面的爆炸时就早已爆开了……

"务必争分夺秒弄清现场情况,确保枪支弹药绝对安全是首要。"绝密行动从14日清晨开始,冯警官一行"特别行动队"冒着随时丧失生命的危险,再次向浓烟滚滚、爆炸不断、毒气熏鼻的爆炸核心区进发。

"到14日凌晨时分,其实爆炸现场的环境是最差的,因为12日晚上爆炸后释放出的毒气和各种燃烧物所产生的种种有毒气体交织在一起,置身其中者,每一分钟都非常之艰难,更何况我们还要深入破坏最严重的废墟中去寻找抢救对象。"冯警官说，他和战友前后费了一个多小时时间，才抵达和摸清了安放枪械和弹药的柜子位置。

"还好，当时我在废墟堆里看到枪柜和弹药柜没飞走，只是枪柜被烧熔了——还好，柜门锁着。这时我心里的石头才落了地……"冯警官说。

"弹药柜比较完整，可上了锁。必须先把钥匙找到才行呀！"冯警官又遇到一道难题。平时钥匙与弹药柜是分离的，他把钥匙放在自己的一个铁柜里。铁柜现在在哪儿？房子里没有，于是他在周围找。最后在一堆废墟里找到了那个铁柜和里面的弹药柜钥匙。

部分枪支弹药照片

"354发子弹，一发不缺！"冯警官打开子弹柜，激动地在现场一一清点完毕后，给领导如实报告。

爆炸现场

"好！马上把枪支也给弄出来！"领导十分满意，但并没有给"特别行动队"丝毫的喘气时间。

枪柜外壳完全熔化变形了。怎么办？

"现场请求支援！""请求支援！"冯警官等立即向上级领导求援。很快，一群全副武装的军人和消防队员抬着"家伙"赶到冯警官他们的战斗地点。

"呲——"电切割机的火枪闪着蓝色荧光，对准那只变形了的枪械柜"四面出击"……14日8点10分左右，在爆炸现场，一群警官、现役军人、消防队员，手里传递着一支支锃亮的手枪。

"一、二、三……十……二十、二十一！"

"一把不缺！一把不少！"

冯警官激动地拥抱了现场帮助他完成"绝密任务"的每一个战友：他知道，他们都是冒着生命危险在帮助他，与他一起并肩战斗。

13．寻找"失联"战友

我第一次熟悉"失联"二字，是在去年全国"两会"期间（2014年3月8日早晨），发生了马来西亚航班载有239人的波音777-200飞机突然与地面失去联系的事件，所以"失联"二字很快被大众所熟晓。据说，"失联"二字，过去在台湾用得比较多，它的意思是失去联系的简称。如今"失联"用得广泛，比如某某人、某某干部突然失踪或被纪检部门逮起来了，都称为"失联"。

■搜救场景

"失联"的命运通常是凶多吉少。

天津港大爆炸一发生,"失联"是全国人民最关心、最揪心,也是最忧心的事,因为这一次"失联"人员之多,用公安部消防专家的话说:那是新中国成立以来,前所未有的一次一下"失联"那么多的消防队员!

当然,天津港大爆炸"失联"的何止是近百名的消防队员,还有公安民警、普通百姓……

大爆炸的巨大恐慌,除了现场的惨状外,其中之一就是"失联"人数之多,而且随着时间的推移,"失联"人数不仅没有减少,反而不断增加。同时,"失联"时间越长,意味着死亡的概率增大,存活的可能越小。这是大爆炸之后,"失联"二字压在人们心中最难受的字眼。

我们甚至痛恨这二字,但对那些无望的消防队员亲属们来说,"失联"二字又多少带着一丝丝希望,尽管有的现实明摆在那儿,他们仍然从内心和情感上期待奇迹会出现……"失联"因此成了一种对活着的人既是残酷的摧残,又是对活着的人一份无望的安慰。

但在基层消防队、在消防总队、在公安消防局的领导和战友心里,寻找"失联"战友,是他们在大爆炸之后的第一时间里就发出的一道特别紧急和异常重要的命令,这一命令从习近平主席和李克强总理的批示中也充分地体现了——"当前,最重要的是抢救生命"。

关于众多消防队员"失联",从大爆炸响起的一瞬间,就成了整个事件的"焦点"。当然还有如"某某领导的儿子"在瑞海公司任职和操纵什么什么的"腐败"问题也算吊足了许多中国人的胃口。然而,消防队员的"失联",无疑是焦点之焦点、关切之关切。

生命第一。生命无法复原。

大爆炸的威力在电视和视频上全世界都看到了,使那千万辆钢铁铸制的汽车瞬间化为了灰烬,而血肉之躯的消防队员怎会在如此威力无比的火焰中逃生呢?几万只集装箱竟然如一只只千纸鹤在爆炸热浪引发的冲击波中四处摇荡飞舞……这是怎样的摧毁力?一个活生生的人,怎能在如此威力下得以生存?

"失联"者的命运牵动着所有活着的亲人、同事、战友和那些把人民的生命放在至高位置的领导者、决策者心头。

有人给我讲了大爆炸后一位消防队员的家属为寻找"失联"儿子的情节——

13日傍晚时分。几个从飞机场下来的消防队员亲属直奔爆炸现场,他们见了火光后便哭天喊地要冲进去"救儿子"。现场的警察和军人苦心劝阻这些家属的鲁莽行动,但根本无用。"你们还我儿子!我要儿子!"消防队员的家属喊着、闹着、哭着。

"他暂时失联,我们正在想尽办法寻找……"这样的解释和劝说都显得十分乏力。

家属仍然一次次地想奔着爆炸地冲去,又一次次被拉回来。

"你们快去救火呀!快去救火!"最后,消防队员的母亲精神失常,她认定自己的儿子没有"失联",那正在燃烧的地方就是她儿子在的地方。"儿子跟我说过:哪里有火光,他就在哪里……"母亲坚

爆炸现场

持这个理由。

面对这位"失联"消防队员的母亲,在场的人没有不流眼泪的。

是啊,即使是再严重的大爆炸,也许仅仅几秒钟、几分钟的时间,然而它留给我们活着的人的痛苦又是多么的漫长与深重!

"活要见人,死要见尸!"无论多么无私与大度的人,只要你是"失联"者的亲属或家属,他们都提出了这样的要求,这个要求没有半点过分。谁能拒绝这样的要求呢?

但,天津这场大爆炸的复杂与特殊,远远超出了我们一般的想象和认识。我记得有位领导在评说此次危险品爆炸现场时,曾连用了三个"特别",即"特别严重""特别复杂""特别危险",这也说明现场确有许多普通人不了解的情况。比如传说中现场还有几百吨氰化钠,比如第二、第三天全副武装的多支解放军防化队进入核心,比如8月16日李克强总理到现场后指着仍在冒烟的废墟问是不是那些空气还散发着毒气……尤其当人们看到那个比球场还大的"炸坑",周边的土上泛着厚厚的一层白沫时,谁都清楚这样的现场,即使没被炸死,也会被毒死、窒息死。

"失联"者的命运在如此绝境中,有多少生还的可能?我们都很清楚,但我们又有谁真正清楚?

"活要见人!""死要见尸!"没有理由可讲,没有人能接受与亲人间如此突然的生死离别,没有人能面对如此惨烈与悲壮的牺牲和伤痛。

仍然是这句话——"活要见人"。哪怕是只剩一个活人,也要不惜一切代价将其救出来。救出来一个就是少牺牲一个,少牺牲一个就让痛苦的人们少增一分对爆炸的仇恨与担忧,多让一个家庭获得团圆美满……

"政委当时就是这样给我任务的:尽一切可能救人,即使救出一个人,我也给你磕头!"张大鹏,保税支队参谋长,我心目中的英雄,也是此次大爆炸中的真正英雄。他如此说。

在我没有见张大鹏之前,他的政委竟然为了他不能越级提拔而愤愤不平甚至泪流满面——张大鹏并不知道这事,因为那天他不在场。还有一点我同样没有想到:这位比我晚当兵20年的"高大帅"消防支队参谋长,我俩竟然还先后在同一军校——廊坊武警学院待过。

"2008年汶川'5·12'大地震时,我带了4名消防战斗员在那里战斗了几十天……"他说这话时,我暗笑:此人与我真有缘分——我是"5·12大地震"作家采访团的领队之一,写了本《生命第一》的

作者给疗养休整中的
消防员们送去书籍

书。而张大鹏则是抗震救灾的二等功臣。

"那天11点半左右,我正在市里的河西区家里,刚躺下,就接支队值班室电话,说政委命令所有支队党委成员全部到火灾现场。我问什么情况,原来是我们的一个中队出警后,16个人到现在全部联系不上了。我想一定出大事了!因为以前从来没有遇到过这么严重的情况。于是从床上一个骨碌就跳了下来,直奔楼下,开动汽车。家属在后面问我去哪儿,我连回答她的话都没顾上,身上穿着一身运动衣……"张大鹏说。

"车一上路,好像比较顺,也没有人指挥,却见所有的车子都在往同一方向奔驰而去。那一夜天津人心急如焚,又心特别齐。大伙儿在大难临头时表现出的无形力量给人感觉很强大。而我当时内心感到另一份特别的责任,因为我是熟悉火情、具有专业灭火经验的消防支队参谋长。现在、前面,是大火引发的大爆炸,大爆炸后又引发了更大的火灾,我这个灭火消防的部队参谋长,必须去赴汤蹈火,必须去拯救我的所有战友和所有遇难的人。"张大鹏用坚毅而肯定的目光盯着我,说出这样一句话:"当时我确实准备了去牺牲的。"

"为什么?"我需要问清楚。

"因为我估计我的战友已经伤亡巨大,而爆炸现场的通红大火仍在燃烧……必须有人去灭掉这样的大火,必须有人去抢救大火里的生存者和伤员。"张大鹏回答得非常专业,且是实情。

张大鹏到现场时,政委周秀已经先到。"大鹏,你负责去火场灭火与搜救!"政委下达命令。

"是。"张大鹏根本没有含糊,而且政委下达的任务也非常准确,你张大鹏是消防支队的参谋长,爆炸现场最重要、最十万火急的就是这两样事:灭火与救人。

政委下达的命令到位且及时。但政委没有注意到一点:他的参谋长张大鹏同志此时连防护战斗服都没穿,全身从上到下只是单薄的运动衣。

爆炸引发的大火已经把整个现场烧得通红,成千上万的汽车与集装箱化为灰烬,消防支队的参谋长的血肉之躯敌得了谁?

参谋长同志根本没有犹豫,他的职业素质驱使他一个立正:"是!"随后辨了一下风向,从爆炸现场的东南方向直插火场……"想救人,要灭火,地形侦察和火情侦察两不可少。"张大鹏的脑子里立即蹦出这句教科书上的话。

"哎,你给说说,到底里面是什么东西引发的爆炸?"现场混乱不堪,就是因为混乱,所以又总能找到些特殊线索。张大鹏擒住了瑞海公司院区的一

张大鹏

爆炸现场

个小头目，问他爆炸缘由。

"你救救我的命吧！快救救我吧！"那人没想到自己不仅没被炸死，而且还在极短的时间里有人竟然来到他身边，惊恐万状之中跪在张大鹏面前乞求道。

"活路一会儿我马上指给你，现在你先告诉我到底里面是啥东西引起的大爆炸？"张大鹏需要知道最关键的真情。

"我、我也不知道到底今天怎么啦！是、是、可能是电池出了毛病，然后又出了大毛病……"

送走求生者后，张大鹏独自往爆炸区走。依我估测，他与另一方向的跃进路派出所几位民警是大爆炸后第一批进入爆炸核心区

▣ 张大鹏在爆炸现场

的几个英雄之一,时间大约在13日零点30分。而在大爆炸的东南方向,张大鹏是孤胆进入爆炸现场的……冲天的火光映红了这位英雄高大而坚实的身姿,他像一只勇敢而精巧的山猴,一边探着眼前的危情,一边谨慎小心地向熊熊燃烧的爆炸中心靠近,每一步都无比艰难与危险。"每分钟都有五六次大大小小的爆炸,你不知道哪个地方会飞来各式各样的火球与碎块,要眼快脚快,否则不是被火烤焦了,就是让飞来物砸在那里。"他说。

"从吉运一道往里走了几十米,就看见一名消防队员躺在地上,因为他穿了战斗服,看得清。但当我把他翻过身来时,发现已经牺牲了,满脸是血,身子也不完整了。"张大鹏摇摇手,并不想再细描述这种场景。"再往里走二三十米,发现有生还者,三个。其中两个是港务局的消防队员,另一个是我们总队开发支队的消防队员。他们都伤得特别重,其中一个昏迷状态,另两个也只能说话不能走路。见这种情况,我赶紧往回走,寻求援助。不远处就遇上了港务局来的消防支援队伍,于是带着他们用担架将那三位重伤员抬了出去,又将那个牺牲的同志一起抬了出去。可是车子不够,我就对港务局来援助的同志说,你先把我的车开走,送伤员去医院,回头你把车还给我就是。那个时候也不会分公的还是私的,能救人出去就是最大的心愿。伤员和援助的消防队员走了,我又折回爆炸中心区,想看看到底什么情况,有没有活着的消防战友。走着走着,我觉得没法再靠近了,那火苗太高,温度也太高,烤得我皮肉发疼。这时我才意识到必须穿防护战斗服,否则无法完成政委交给的灭火与搜索救人的任务。两个字:先撤!"

爆炸现场

"你是参谋长啊！"张大鹏飞步从爆炸中心的火光中后撤的那一刻，突然有人发现了他。

他定了定神，"你们是来支援的？太好啦！"张大鹏一看，是自己的消防部队，立即命令道："给我一套防护战斗服！"

"是！"战士随手递给自己的参谋长一套战斗服。

张大鹏仅用了几秒钟就穿上战斗服，同时又连续下达了几道命令，其中最重要的一句话是：你们灭火绝对不能轻易打水！要先侦察火情，再研究方案。

"跟我来！"布置完后，张大鹏一挥手，援助消防队官兵跟着参谋长向燃烧着的大坑方向前进……

"张大鹏，现在我命令你立即到总队现场指挥部执行新任务！马上过来！"张大鹏的手机响起，总队长的声音严厉而有力。

"是！张大鹏明白！"

等张大鹏到消防总队所设的现场总指挥部时，他看到了一个个领导神情极其严肃地站在那里，他同时也看到了自己的老战友：开发区消防支队的参谋长、滨海区消防支队的参谋长……

"现在我宣布：根据事故现场总指挥部命令，我总队指挥部决定成立现场救人敢死队，由你们3位参谋长各带9个人，深入爆炸中心区进行现场搜索，千方百计寻找生还者，也要把已经牺牲的战友们给我抬出来……你们要不惜一切代价，甚至不惜牺牲自己，也要完成好这一艰巨而紧迫的任务！有没有决心？"首长用血红的眼睛盯着张大鹏和其他两位支队参谋长。

"有——！"张大鹏立即将胸脯挺得高高的，他清楚：他是现役武警！是军人！是共产党员！党和全国人民时刻都在看着自己，作为军人，还有什么时候比此刻更需要去勇敢地迎接考验，接受战斗，哪怕是死和流尽最后一滴血……他用余光看到并排一起站着的另外2位参谋长与他一样雄赳赳、气昂昂。

张大鹏感到浑身是力量，是责任，一分钟也不能再耽误去现场搜索和抢救亲爱的战友们！

"出发！"总队陈参谋长一声令下。张大鹏等各领9名敢死队员，从不同方向朝爆炸中心区挺进……

"敢死队"这三个特定字眼，似乎在和平时期很少用上，一旦出现，必定是场特殊的恶战。天津港大爆炸现场到了十三四日甚至之后的一个星期内，现场的恶劣环境和不间断的爆炸，给当时进行搜索与抢救幸存者的工作带来极大困难。而随着时间的推移，"失联"者的人数又不断增加，来自社会各方的议论与压力也越来越大，加上数以千计的"失联"者的家属蜂拥天津及爆炸现场，要求"活要见人，死要见尸"的愿望越加强烈，争取提早每一分钟每一秒进入爆炸核心区搜索与抢救伤亡人员使得有关部门作出成立"敢死队"的决定。从军事角度和技术角度讲，选择三个支队的参谋长担任"敢死队"队长，显然是经过周密而慎重考虑的，因为消防支队的参谋长是火场业务最熟悉的指挥员，由他们担任"敢死队"队长符合战况与情理。

此时的张大鹏其实已经在爆炸现场孤身进入核心区战斗达4个多小时，里面的情况已大体掌握，因此他当场建议：要接近爆炸核心区，三支"敢死队"得分工，以上风口的东南方向进入为主，西

爆炸现场

北方向不宜进入,那边顺风而燃的火势没有得到控制,危险大。指挥部采纳了张大鹏的建议,命令由他和开发支队参谋长带领的"敢死队"由东南方向进入,另一支"敢死队"则从西北方向摸索进入。

"此时天已蒙蒙亮,照理应当比夜间进入现场要好一些。"张大鹏说,"哪知清晨的风大了,最关键的是经历近一夜的燃烧后,现场空气极差,呛人不说,气味难闻,能感觉出空气中有明显的毒味,这对我们闯进去的人来说,危险性增大不少。13日早上,我们还没有用上化学防护一类的装备,仅是平常消防战斗服外加一只口罩。噢,另每人背一台呼吸器,这机器沉,15斤,只能用45分钟左右,实际上在现场只能用30分钟,因为我们还要除掉来回花费的时间。但这不是最关键的,关键的是当时现场爆炸不断,火势仍在自燃状态,危险性极大。但对我们敢死队来说,根本不可能去想这样的危险,因为我们的任务和职责就是争分夺秒冒死去救人。前面再大的困难,就是刀山或断头台,你也得往里冲……"

现场的情况比张大鹏想象的要严重和可怕得多:"几乎每走四五米就有死人。"他说,"那天早晨,我带的那个队找到了7名遇难者尸体,我们一一将其抬出来,送上救护车。"

时间就是生命!倘若现场还有幸存者,那么每一分钟、每一秒钟对他们来说就是生命的拯救马达。

时间就是情感!现场外成百成千的"失联"者家属都在心急如焚地等待一个是死是活的"眼见为实"的结果啊!

张大鹏说,那些时间里,他的眼前总闪出许多人许多样的表情,或是在冲他骂,或是在冲他笑,或是在冲他哭。"更多的是在乞求我,乞求我哪怕是早一分早一秒钟将他们的亲人找到,告诉他们到底是死还是活……那些日子里,我感觉自己一分钟也不能停止战斗,即使前面是跨不过的火海、避不了的火球,我也得往前冲!"张大鹏感慨万千地回忆道。

越接近爆炸核心区,脚下的路越难走,几乎都要走一步退三步。"火势大呀!各种物质都在燃烧,越烧越烈,钢铁和车胎烧起来后,就是灭火器也非常难扑灭的,更何况当时我们的消防车还不能接近现场。怎么办呢?根据我的经验:想争取更好的救援,就必须制止火势。但通往爆炸核心区的道路无法让消防车进入。于是我向指挥部请示,敢死队抽出一部分人力进行现场人工捡废物。千万不要以为这个活儿不重要、不危险,其实在当时这比搜索更危险。因为你得弯下腰去捡东西,你得扛东西,这个时候稍有不慎,就可能被一件'飞来物'砸着了……所以我要求大家一要仍然拿出敢死队的精神来,二是注意四周火情。安全是第一个!敢死队临行时,周政委用拳头打在我胸膛上,说:你大鹏如果出了事,你带进去的人出了事,我都要拿你问罪!政委的话既让我感动,又令我深感责任重大。敢死队员必须坚决完成任务的同时,又必须个个完好无损地活着从爆炸现场的抢救战斗中回来,这是我的第二任务。"张大鹏说。

一百多米通往爆炸核心区的道路被清理出来。

"坚决压住火势!掩护我们进入爆炸区……"张大鹏觉得这样的拉锯式战斗不是事,便一面请求总指挥部灭火支援,一面命令敢

爆炸现场

死队队员:"瞅准火势减弱时机,冲锋进入核心区……"

"是!"敢死队员们毫不含糊,精神饱满,尽管每一小时对他们来说需要付出巨大的消耗,但他们丝毫没有减退战斗力。

通往爆炸核心区没有路,只有满地横七竖八、扭扭歪歪的集装箱与燃烧着的各种废弃物形成的死亡之路。敢死队员们双脚根本无法落地,地面上不是燃烧物,就是铁尖碎片,胶液残物,又滑又黏,时不时还有坑坑洼洼里溢出的污水……

"这次我们找到了三具尸体,两个是消防队员,一位是老百姓。"张大鹏说,"看上去他们都是被大爆炸震死的,脸部完整,内脏估计全震碎了。"

有敢死队员抱起年轻的战友直哭。"现在还没有时间哭,抓紧时间将遇难者运送出去,或许我们还能找到活着的战友……行动快些!"张大鹏在一旁催促。

"前面就是瑞海公司的院子了! 参谋长,进不进?"下午4点多,筋疲力尽的敢死队员刚刚将几具尸体抬出现场,有人一边揉着眼睛,一边指着火焰中的前方,询问道。

"那是他们的办公大楼?"张大鹏眯着眼,朝火势最猛烈的地方瞧去。

"是的,就是那栋楼。"

"成水泥骷髅了!"张大鹏看看表,再察看了一眼烟雾腾腾的现场,当即决定:"暂时后撤,等待战机。"

"当时我看到队员们体力消耗太大,天又将黑下,烟雾浓烈,如果这时再往核心区进发,危险非常大,也不见得有任何战果,故下达了后撤的命令。"张大鹏解释了战术。

但情况并非如想象的那么简单。本来想"加油"的队员们回到现场的临时"营地"根本吃不下饭，一进食就恶心呕吐。而灭火的消防车一停，刚刚减弱的火势则又卷土重来。

灭火不能停。必须24小时不间断地战斗。张大鹏等在现场改进战术。同时，他们认为抢救幸存者的战斗同样不能停，因为只有紧跟灭火的步伐，才可能接近爆炸核心区。

"我们决定：13日傍晚6点，敢死队向核心区挺进，争取进入爆炸地。实际上自爆炸到现在，还没有人进入瑞海公司危险品仓库的爆炸点。我们的决定，意味着我们是第一批进到里面的人。为了防止意外，有效进行搜索和抢救，我作出战术安排：4人留在'后方'作援助，我和敢死队中的

■ 爆炸形成的大坑

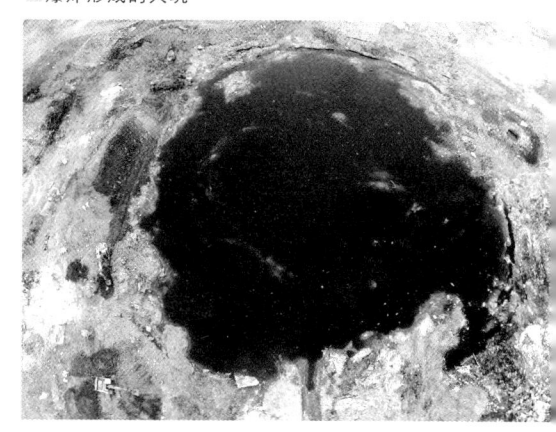

■ 修复后的爆炸核心区

爆炸现场

一位中队长各带4名骨干,兵分两路进入瑞海公司的那个院子——这样的布置,其实我内心有个没有说出来的原因:一旦遇上现场新的爆炸,一个小组牺牲了,另一个小组有可能活着……作为指挥员,我必须作这种无奈的安排。为了抢救幸存的战友和群众,我们敢死队同样必须作好最坏的打算和尽可能的全面考虑。生与死对我们个人来说,已经并不重要,重要的是我们身上肩负着尽快寻找到'失联'战友的责任,这是第一位的任务。现场的复杂情况,需要指挥员作出正确的判断,因为越到核心区,情况越复杂难控。"

敢死队员排除万难,小心翼翼地进入院子——其实所谓的"院子",这时连像样的半堵墙都看不到了。"里面的景象实在不能形容!一句话:惨不忍睹!"张大鹏说,"进去后,就在一个烧红的铁架下面发现了一具消防队员的尸体。当时看不清脸,他的身上又压着很多废弃物,等将他刨出来,翻过身一看,我看到了他的战斗服是我们支队的,而且不是消防中队战斗员穿的,是支队机关干部穿的那种风衣式的。我顿时明白了他是王吉良……"

天津消防开发支队副支队长"失联"在爆炸之后的第一时间就被上上下下相传和关注,因为他是所有"失联"人员中职务最高的一位现役消防干部,中校警衔。

"老王在基层消防队一二十年,身经百战,是位功勋卓著的老消防,我们彼此很熟。在现场虽然无法辨认他的脸容,但从其服饰看,我估计十有八九是他了,当时我和敢死队员心头极其难过。但也没有任何办法,唯一能做的就是小心翼翼地将牺牲的他移到担架上,再将现场他的遗物哪怕是一个纽扣,我们也要完完整整地拾起来……"张大鹏说到这里,眼睛已经红了。

"这样的场面,在那些日子里见得太多太多,现在一闭眼就会从脑海里跳出来……"张大鹏哽咽道。

"失联"的王吉良找到了的消息,在当晚就在战友中传开。他的亲密战友、同为开发区消防支队副支队长的郝震得知好友已牺牲,痛不欲生地告诉前来采访他的记者:"吉良同志从11号起就连值了两天班。当时他对我说:'我孩子大了,父母又不在身边,你们家在天津的,负担重,安心回家好好休整休整,我替你们多值几个班。'他这一替我们值班就……"

是啊,当晚值班和出警的消防队员中,何止王吉良一个人没有回来。

44岁的王吉良,是山东德州

王吉良生前照片

泪别英雄

爆炸现场

人,从军25年,还有3个月,他就可以转业离开消防工作。但他把最后的生命留在一生热爱的消防事业上。其母在2014年底刚刚去世,王吉良妻子得知丈夫牺牲的消息,伏在婆婆的遗像前,悲恸欲绝,说:你儿子去陪你了,却丢下了我和16岁的儿子不管……

多少亲人在企盼,多少"失联"者仍留在爆炸现场。此刻的他们,是死是活?亲人在揪心,战友在揪心,全国人民和中央领导跟着在揪心。

13日的夜幕已经降临,风与火加之浓浓的烟雾,将整个爆炸核心区笼罩在寸步难行的恐怖迷阵之中。总指挥部决定暂停现场搜索,以确保敢死队和消防队的绝对安全。若造成无谓牺牲,谁也承担不起这份责任。

张大鹏等无奈地在距大火前不远处的露宿地焦虑地等待着战机、等待着天色渐变……

"我们决定14号一早再行动,而且这一次必须抵达爆炸核心区——也就是大家知道的那个大坑边!"张大鹏说。

次日,也就是14日凌晨将近5点,张大鹏便与敢死队员们早早醒来,进了一点食品后便开始向爆炸现场的"死亡之地"进发。

"由于任务明确,并且不再有任何顾忌,所以我们很快进入了爆炸中心地带。"张大鹏这样描述他第一眼看到的情形,"那个大坑我们已经能用眼睛看见了。在大坑旁,有四辆消防车,三辆是开发支队的,一辆是我们保税支队的,开发支队有两辆车搅在一起,显然是爆炸时其中一辆飞到了另一辆身上。我们之所以能认出消防车,是因为太熟悉我们这些'战友'了——它们其实跟我们消防队员一样，是每次与我们并肩战斗的'亲密战友'。见了消防车，我们就立即寻找有没有幸存者。虽然从完全变形和烧得面目全非的汽车看，我们心里多少有些准备，但只要不见尸体，就意味着可能还有战友是活着的。于是我们在几辆消防车周围细细察看，寻找可能的幸存者。就在这当口，一位队员突然喊了起来：'这里有人——活着呢！'我一听，那个兴奋劲就甭提！忙问：'在哪儿？'那队员立即用手指给我看。可不是，就在一堆废墟旁，一个人躺在那里，似乎还在动……我一边快步过去，一边命令队员们'不要动他''不要动他'。等靠近一看，见是一位只穿着背心的小伙子，初步判定他应该是我们的消防队员，便问：'你是哪个单位的？啊？能回答吗？'我刚一落音，躺在废墟上的小伙子声音很小地吐了两个字：'开发……'我一听这两个字，立即兴奋地喊道：'是开发支队的！他还活着！活着！'我们几位敢死队员全都欢呼了起来。这是几十小时以来，我们在爆炸核心区见到的第一个幸存者，而且是我们的消防战士！太激动人心了！我和队员们真的是热泪盈眶，不知说什么好。我一边联系外面的救援医务人员，一边让队员们鼓励受伤的战士'坚持！''坚持！'，并且不停地跟他说话，防止意外。很快，120急救车出现在不远的地方，于是我们就扛着担架，轻手轻脚地将伤员抬上，又飞步离开现场……"

这位消防队员叫周倜，他被救的消息在当日早上开始传遍天津、传遍全国。

关于周倜，我必须把现在的他介绍给大家：

我见到这位唯一在爆炸核心区被救生还的消防战士的时间是

爆炸现场

2015年10月24日下午,小伙子还在医院治疗,病房里很安静,他父亲一直陪护着。

周倜的伤没有全好,但已经无妨正常的生活。

1996年出生。与他同样年龄的许多小伙子牺牲了,周倜能够健康地活在我们中间应当是个奇迹。

"能讲讲当时的情况吗?"我自然要问最想知道的事。

看上去性格偏内向的小伙子点点头,说:"我是中队第二辆车上的战斗员。当时我们的车子距火场约二十来米。我看到爆炸前的瑞海公司院子内的集装箱里噼里啪啦乱响,也不知是什么东西。就在这时突然炸开了,全是火点……我跟了几步,倒在地上。看到其他人都跑的跑,躲的躲。好像大家还没有弄明白是咋回事,就响起了第二声巨响。后面的事我就不知道了。醒来时,用手一摸,像是在一个坑里。我想从坑里跳出来,但没有力气,双手扒着土,就是不着力,几次重新倒在坑里。那里面有水,我只能站站躺躺。可又不敢睡着,怕睡着了再也醒不过来……抬头往上看,都是火,红红的,火焰在坑口上面一耀一耀的,好像要烤到我脸上一样。开始我喊过'救命''救命',但没人应我。后来就喊不动了,心想:可能旁边没有人了,我得自己想法活下来。所以就又往外蹬,蹬不动,又上不去。再后来就越觉得累和困,就想好好地睡一觉。可一想:不对!不能睡,而且也不能一直在坑里待着,必须上去。也不知从哪儿来的力气,最后出了坑。一出坑就把我吓坏了:我这是在哪儿呀?怎么成这样了?我想一定是出了大事,大火灾了!我的中队战友们到哪儿去了?队长他们到哪儿去了?他们怎么丢下我一个人不管了?我想哭,可又哭不出声。烟呛得难受,嗓子干得发闷。我想这回肯定是死定了,可又想我才多大怎么就要死了呢?我不能这样死了,我当兵才刚刚一年,以前从家里出来的时候,就跟家里人和小伙伴们保证过,要当个好兵,争取入党,最好还能提干……是,我才19岁,不能死,至少也该有个对象嘛!也不知哪来的这些想法,那几十个小时里,我一会儿睡着了,一会儿被热烘烘的火烤醒了,一醒了就七想八想。但最想的还是看到自己的战友、看到自己的家里人突然出现在……我就这样坚持着,盼望着。一直到张参谋长出现,问我哪个单位的,当时我心想:这回我有救了,不会死了。后来我又啥都不知道了……"

坐在一旁的周倜的父亲周进善补充说:我是14日11点左右到天津的。我在广东汕头打工,电视里看到天津这边爆炸了,就赶紧打电话给儿子,他手机没人接。又给部队领导联系,他们说周倜'失联'了。我一听就飞了过来,跟他妈一起飞过来的。路上就听部队的同志告诉说,周倜他被救了出来。我跟他妈一路上捂着胸口,生怕孩子找不到。等听说找到了,又怕他伤得太重,吃苦太多……第一眼看到躺在重症室的儿子时,根本认不出来。那天李克强总理来看周倜,我们一家好激动。李总理心疼地看了我儿子烧伤的脸,叮嘱医生,说一定要把孩子的脸治好。你看,现在他的脸基本好了。

周进善从心底里泛着满足。而我的内心则有些空荡荡的,因为像周倜一样被张大鹏他们敢死队从爆炸核心区救出来的伤员,

167

爆炸现场

周倜获救瞬间

微乎其微。毫无疑问,周倜是幸运的,因为像他这样当时距爆炸点如此近的消防队员没被巨大的爆炸炸得粉碎和爆炸引发的冲击波所震死本身就是奇迹。而他又被奇迹般的在30多小时后从现场救出……

周倜

让我隔着窗看看你

轻轻地在你的病房门口

希望不会打扰你的休息

护士说你昨晚睡得不错

大夫说你真是生命奇迹

这个八月

消防员成为中国的热词

因为这场惊心动魄的战役

避免了就在眼前的更大的悲剧

为此我们付出了共和国消防史上

最大的牺牲

……

失联整整30小时

你从死神身边归来……

亲爱的兄弟

以后的每一天

你得好好活着

替所有长眠的战友

替所有爱你的人们

……

周倜真的是幸运的,在他从死亡堆里被救之后的每一刻,都有人在关注他。这首诗就是一个老消防队员多次默默来到周倜治疗

■ 作者与养伤中的周倜

的医院门口看望之后写下的诗篇。

周倜的得救让爆炸现场的许多人激动和流泪。我们的镜头还是拉到8月14早上救出周倜的那个令人欢欣的时刻。

上午9时许,央视记者采访刚刚从"死亡之地"救出周倜的英雄参谋长张大鹏时,这位硬汉竟然哽咽得说不出话。许久,他对着镜头,保证道:"我们要把每一位幸存者救出来!把每一位我们的兄弟背出来,绝不放弃!"

是的,绝不放弃!只要有一丝希望,部队和地方公安部门,到中央领导,都在强调和要求参加抢救与灭火的救援队伍这样做。希望周倜这样的奇迹再次出现……

然而爆炸现场的实际情况一点也不乐观,甚至比见惯了死人的张大鹏所想象的还要严重得多。"送走周倜后,我们又回到爆炸核心区,继续搜寻。在烧毁的一辆消防车上,前排座位上我们看到了一堆白骨,后排的座位上也有一堆白骨,车门下面掉着一条腿……估计这两位消防战友当时正在车上,其中一位正要下车时,爆炸就响起了。"张大鹏的话突然戛然而止。稍久,继续说道:"当时我和队员们看到现场的这般情景,悲痛万分。不知如何是好。后来我对队员们说,想法让战友们回家吧!你们用头盔把他们的遗骸放好,所有的遗物也尽量找到放在一起……就这样,我们几个围着这辆车,寻找了好一阵,将所有能够捡起来的牺牲战友的全部遗骸与遗物收拾好,然后在现场列队默默致哀……"

"大鹏,后方起火了!赶快撤!"下午时分,当张大鹏他们仍在核心区搜索时,他们的后面竟然燃起大火,这等于是绝敢死队的路。现场总指挥部立即下达了让敢死队员们后撤的命令。

"这个时候怎么能撤呢？我们进来一趟不容易啊！我请求我们队留在里面继续执行搜索任务，请政委批准！"张大鹏觉得在这紧急关头，撤就意味着又要耽误很长时间。

"张大鹏，你敢违令？你听着：不管什么理由，现在、立即，你给我把所有队员全部撤到安全地带！听清楚了没有？立即执行！"张大鹏从没听过周秀政委用如此口气跟他说话，想了想，无奈只得后撤。

"你们已经连续战斗了数十小时，后援部队已经到了，你大鹏任务完成得出色，现在需要换防了。"临时现场总指挥部帐篷里，政委对瘦了一大圈的张大鹏说。

"那不行，谁都可以下，我不能下！"张大鹏一听就急了。

"为什么？就你能？"政委生

▓ 现场惨景

▓ 群众献给英雄烈士的鲜花

爆炸现场

气地盯着自己的爱将,"没有说不让你再参加战斗,是让你先休整几天嘛!"

"也不行!"张大鹏犟上了,梗着脖子,道,"我是唯一一直在现场指挥的人,里面的情况最熟悉,增援部队不能跟我比。再说,我的许多战友还没有找回来,我能安心歇得下来吗?啊?你政委说说我能歇得下来吗?"

钢铁汉子说着说着竟呜呜呜地哭了起来。他一哭,又让政委收不住眼泪了。"你、你张大鹏能吧!我、我管不住你,你去吧!你只要给我把我们的人、把我们的消防队员找回来我就不撤你的职……"周政委觉得自己没辙了,边擦眼泪,边甩手道。

"嗯,保证!我保证把他们一个个带回来……"张大鹏像受了天大委屈的孩子似的,边哭边重新穿上战斗服,投入新一轮的"死亡之旅"……

从13日零点30分左右,张大鹏始终在爆炸核心区内组织灭火与抢救,他带领战友们将能够找得见的牺牲的战友一一抬出爆炸现场,又将牺牲的战友的遗物一一寻找收拾好后带回到他们的亲人手里,同时又遵照部队命令,将另一批牺牲的"战友"——那些被烧毁的消防车也一一被拉回了部队。

2015年8月29日,张大鹏完成现场抢救任务,带着满身臭味和异常疲惫的身体回到家。妻子见到后着实号啕痛哭了很久很久,一句"嫁给你就一直操透心"的话,在颤动的嘴边久久不绝……

但从此以后的数个月里,在张大鹏的心海里,抢救"失联"战友的战斗一刻也没有停止过,尤其是夜深人静时。"我现在不敢关灯,一闭眼,脑海里就浮起爆炸现场、那个大坑旁边一片片化成白骨的战友遗体……太惨太惨！我无法抹去这样的记忆,我觉得对不起这些牺牲的战友,他们多数也就十八九岁……他们是英雄！他们就是英雄！"张大鹏在接受我采访时,一遍又一遍地重复这句话。

是的,我不知道天津瑞海危险品仓库火灾爆炸事故最后到底怎么处理,但有一点可以肯定:那些因公牺牲的消防队员、公安民警,正如李克强总理说的那样,无论是编内还是编外,他们都应该是烈士——为人民的利益和安危牺牲的烈士。

我们应当永远地记住他们的名字。还更应当为他们做些可能做的事,因为他们多数还是孩子,他们是我们的亲人。

14．最后的安魂曲

人死不可复活。所有悲伤与痛楚必须接受。这也是人类得以继续生存的本性。

现在的天津港区,有几个地方设置了"8·12"爆炸遇难烈士墓地,几乎每天都有人到墓地献花与烧纸,以祭奠那些在这场大爆炸中牺牲的消防队员和无辜死去的群众。我不知道那些埋在地底下的灵魂可否安宁?他们是否也与我们一样一直在诅咒那些造成爆炸事故的罪人?

人的生与死,很多时候就在刹那之间。人的生与死,又在很多时候或光芒四射,或毫无声息。生命如此差异,灵魂可否获得同样的安宁呢?

那个嘈杂而纷乱的爆炸现场,那些英勇奋战又突然牺牲的消防队员能否在结束年轻的生命之后,其灵魂获得一丝安宁,这是大爆炸现场遇到的又一场特殊的困难与困境……

这样的工作从某种意义上讲,远比扑灭一场火灾还要难上几倍,甚至几十倍。

人死不可能复活。人死后所有的悲伤都留给了活着的人。活着的人要面临比自己更年轻的生命尤其是自己的后代们突然不辞而别地永久离去,该是何等地悲痛欲绝!

镜头一:

只差一周便满22岁的甄宇航烈士遗体告别前的一幕让所有参加仪式的人泪流满面——其母侯永芳跪在地上,一双布满老茧的手颤抖着为即将永别的儿子点燃蜡烛:"航航,妈妈想死你了!""妈妈以后怎么来看你呢?""妈妈想跟你去……"想到儿子那个沉默的深夜来电,那个连呼吸都听不到的电话,却是儿子用尽所有的力气,向妈妈做出最后的呼唤和诀别。

■甄宇航生前照片

镜头二:

医院工作人员从太平间将江泽国的遗体拉出来,准备往殡仪馆送时,车子突然被两位年轻的消防队员拦住:"不许走!""你们不能把我们的教导员拉走!不能!"

"这是上面要求这么做的,再说医院也是迫不得已,太平间里已经放不下死人了。"拉尸体的人说。

"求求你们了!求求你们晚一天拉走,我们想多陪陪教导员……"两个消防队员竟然扑通跪在地上。

现场,围观的数十个人默然流泪。最后达

爆炸现场

成"协议":让这两位消防队员、江泽国的战友随殡葬车将烈士护送到殡仪馆。

镜头三:

烈士郭俊瑶的遗体告别时,只有他的姐姐在场。部队领导问她为啥烈士的父母没有来,他们不是与你一起从老家赶来的吗?烈士的姐姐泣不成声道:前天一家人到殡仪馆"认尸"时,弟弟的那张烧黑的脸让他们全家有些"认不出",所以从那一刻起,烈士的父亲就"不太认人"了。母亲则每天夜里都睁着眼不闭,问她怎么啦?母亲对女儿说:眼前总有一群孩子,脸都是黑的,有时也能看到儿子闪过,但儿子笑笑就走了,不说一句话……

听完这些话,数十名消防官兵早已泣不成声。

我的兄弟,我的战友,你们的灵魂是否安宁,将是我为你做的最后一件事、一件比我自己什么事都重要的事!

江泽国妻子送别爱人

王大力收到小朋友的祝福信

从爆炸之后,第一批伤亡者被从现场抬出来开始,许多人做着与陈晓龙同样的事:辨认死者,安排后事。

"以前做过这样的事吗?"我问这位安静地坐在我面前的中校警官、消防支队作战指挥中心主任。

"没有。从来没有过。"陈晓龙回答。

真是天再大,也就一个圆。一问,陈晓龙的父母曾在我工作过的廊坊武警学院待过,当他报出其父母名字时,我仍旧能记忆出一些模糊的印象——30余年了,往事如烟,我们的记忆削弱多了,但"战友"二字从不模糊。

陈晓龙是大学生入伍的青年消防警官。有过7年的基层工作经历,当过消防中队的排长、副中队长、中队长、指导员。大爆炸的前一年,陈晓龙才从基层调到支队作战指挥中心任主任。

"8·12"那天不是我值班。陈晓龙说,刚睡下,大约在11点,突然听到响声,因为我家就在距事故现场三四公里的地方。第一响声,楼房小晃;但第二响声时,楼房晃得厉害。我就从床上跳起来,往外一看,已经火光冲天——在我家的北边。凭经验,

177

爆炸现场

我知道这不是一般的火灾,肯定是什么东西引发的大爆炸!于是便给天保消防中队值班室打去电话,问是不是出警了。那边回答我:出警了,但现在联系不上。我估计火情十分严重,便立即下楼,见下面已经聚了很多人,大家都在议论纷纷。就在这时,我收到了支队值班室电话,说瑞海危险品仓库着大火,你离得近,立即去现场看看情况。我就马上驾车赶往爆炸现场,不到12点就到了那里。现场火情太恐怖,方圆三四公里左右全是火,还有天上落下的东西也都是燃烧……我立即向支队首长汇报,并接到命令,要求我立即侦察和搜寻我们的消防队员。于是我就往现场爆炸核心地走,当时只穿了普通的衣服。刚往里走,就感觉空气的温度特高,烤在脸上很痛。显然是进不了真正的爆炸点,但可以看到靠在外面的几辆被炸毁的消防车,也能看到一些活着的人正在往外撤,样子都很可怜,浑身血淋衣破,脸都是黑的,一看便知是高温火熏的。再想往里进就不行了,只好后撤。这时与我们的政委和参谋长会合,现场简短一合计,我们作了简单分工:参谋长负责搜救,我在现场接应,政委全面指挥并同上级保持联系。但当时又感觉十分奇怪:一方面时间过得非常紧急,另一方面又觉得自己不知干啥。身边来来去去的车子和人特别多,都在说赶紧把伤员送到医院去,送到最近的泰达医院。那当口,我好像才找到了自己在大爆炸之后的"救援岗位"——去为自己牺牲的战友完成最后的旅程……陈晓龙说。

这一任务对陈晓龙来说,也许他这一生不可能再有了。"任务如此特殊,特殊到现在我都回不过神来。"他说。

陈晓龙的任务是什么?不复杂,去确认那些牺牲的战友。在到支队工作之前,他就在天保消防中队当了7年"长官"——从排长一直到指导员,熟悉每一个战士的情况。"你最了解中队的情况,你负责这一块。"支队政委这样交代陈晓龙。

大爆炸之后,一项异常特殊的工作便是辨认伤员和死者。天津港大爆炸之突然和破坏力巨大,伤员和死者的辨认成了非常困难的事:他们几乎都是清一色的"黑脸",大火熏的;他们几乎都是血肉模糊,是冲击波伤害的;如果是牺牲者,面目更不易辨认,断头少臂算好的,最严重的遇难者或什么都没有了,或只剩白骨一堆,轻者也是面目全非……谁是谁,谁会是谁,辨认死伤者成了爆炸事故后一项紧迫而艰巨的任务。因为这个时候大批亲属从四面八方赶来,每日滚动的新闻发布会需要及时公布死者名单和人数,都需要现场对死者的辨认,而且必须准确无误。

作为消防支队作战指挥中心主任陈晓龙,现在的任务是辨认牺牲的战友,一项从未接受过的"战斗任务"。

到泰达医院的时间大约在3点钟,那个时候的泰达医院处在半瘫痪状态:伤员已经无处安放,医生都找不到,在抢救室的人手不够,不在抢救室的恐慌者正在逃亡途中,后来许多人折回医院重新投放战斗。因为距爆炸地最近,泰达医院在13日的凌晨几小时里,一片混乱其实也在情理之中。

"快快,他已经不行了!"送伤员的人拼命喊着。

"不行了还往急诊室送啊?"医院的人嚷嚷道。

"不往急诊室送往哪儿送?"

"那边——太平间!"

"那、那他就这样……走了?"

这样的争执,这样的沉默,在当时的泰达医院和其他医院很多。

陈晓龙在最初的时间里,看到了自己支队的两名伤员进了重症室。这个时候泰达医院已经不收伤员了,而医院门外拥来的伤员越来越多。"赶紧往其他医院送吧!"陈晓龙就是在这种"感召"下从泰达医院到了塘沽医院。在那个地方他找到了自己老单位的3名伤员。

"陈主任,放心吧,我们在这儿看护呢!"已经有支队的其他同志在医院陪护着伤员。这让陈晓龙有一丝欣慰地意识到部队指挥协调的能力。

"晓龙,我们那些牺牲的战友的亲属有的已经到了,有的正在路上,得把所有牺牲的同志找到,并且不要让他们的亲人看到后特别难过啊!这项任务交给你了,务必完成好!"支队领导命令道。

"请首长放心。坚决完成好任务!"

以前陈晓龙并没有接受过这样的任务,也不知道它到底是一项怎样的任务。

死人会在何处?死人在医院里一般都放置在太平间。

太平间是个怎样的地方?太平间是生者与死者相隔最近的地方,可又让生者感觉那么遥远,那么陌生。陈晓龙再回到泰达医院、医生们告诉他要认死者就到太平间时的第一感觉便是如此。

这是13日凌晨五六点的时候。陈晓龙听说泰达医院的太平间里已经放了几具尸体，便赶紧往那地方走。一推门，一股冷气袭来，让他的心一颤。再细看里面，摆放着六七具尸体，有的满身是血，有的连衣服都没有了……其容貌更不敢细看。

陈晓龙的目光首先停留在那具还穿着迷彩服的尸体上，这一定是我们的消防队员。

是的，是我们的人。陈晓龙第一眼就认出。再细看，他看到死者满脸都是玻璃碴，伴着的是仍未凝固的鲜血。

是田宝健！陈晓龙认出了死者。这是他带的新兵，他熟悉的兵。陈晓龙的眼泪就在眼眶里打转儿，但没有流出来。

为了确认自己的辨认没有错，他伸手去摸尸体的外衣口袋，找到了一部手机。一试，还能用。陈晓龙用这部手机拨了一下自己的号码，通了……手机上显示的三个字正是"田宝健"。

手机的主人永远不会接电话了。

陈晓龙凄然默立在年轻战友的面前，一时脑子空白。后来，他轻轻地从自己的口袋里掏出几张干净的纸，慢慢地把田宝健的脸擦了擦，可这一擦，让陈晓龙的泪水一下控制不了。"呜呜……好兄弟，你怎么伤得那么重啊？啊，我连给你擦都不能擦呀！呜呜，好兄弟……"陈晓龙感到异常悲伤的是在他给战友擦脸的时候，发现那张年轻的、仍然留存一丝温度的脸上尽是玻璃碴子，无法擦洗，一擦就会划破更多的地方……

陈晓龙的心犹如刀割。当他走出太平间时，觉得整个世界变了，变得都是痛。

爆炸现场

还没有从悲伤中缓过气来,天保中队的司务长过来向陈晓龙报告:"又有一个同志牺牲了,医院方面说是我们中队的,叫袁海……"

陈晓龙有些迟疑:"袁海?"

"是2014年的新兵。"

陈晓龙点点头:他是去年8月离开天保中队的,那时2014年新兵刚刚下中队,所以他对袁海没啥印象。

"走,去看看他。"

陈晓龙再次进了太平间。才一会儿工夫,太平间已经多了好几具尸体,有些尸满为患了!

"就是他。"司务长指着其中的一具尸体说。

陈晓龙一看,眉睫不由紧锁:新兵袁海死得比田宝健还要惨,脸已经成了一团完全模糊的黑疙瘩……为了确认自己战友的真实身份,陈晓龙轻轻地翻动了一下尸体,看到了死者胸前的"保税"二字。又将尸体翻过个,后背战斗服上的四个大字更加醒目:"保税消防"。

"马上向支队首长报告。"陈晓龙长叹一声后,对身边的司务长说。

时间已至13日上午。这个时候整个天津、整个大爆炸现场,都处在一片混乱而又一定的秩序之中。根据中央领导指示精神,大爆炸现场总指挥部下达了一道又一道命令和指示,其中包括对"失联者"的确认和死者甄别工作。大批专业人员和志愿者被调集到一线,消防部队更是为了接待数以千计的伤员与死者的家属,派分了多路人员负责善后事宜。

"这项工作的难度完全超出了我们的想象。"一位消防干部这样对我说,她说她从13日凌晨3点被叫到单位后,一直到29日才有机会回自己的家一次。"没日没夜地陪着那些牺牲的战友的家属……你不能有片刻和稍稍的马虎,要不不知会出现啥情况,那是谁也担当不起的呀!"

是的,我知道,许多消防战士的父母来了后,一听自己的孩子牺牲了,不是当场昏倒就是几天犯糊涂,分秒离不开人陪护。天津消防遇到了前所未有的一项特殊的"灭火战斗"任务——抚慰那些失去亲人的家属们的心灵伤痛。而这,尽快寻找和确认牺牲者,并让家属在看到自己死去的亲人的第一眼时不那么悲恸欲绝,是当时的重中之重的任务,从某种意义讲,可能比当时扑灭爆炸现场残留的火情还要紧急和重要。

陈晓龙的感觉便是如此。他觉得自己的责任重如泰山,不敢有半点含糊。"因为那个时候,死者家属的心是碎的,即使小心翼翼去抚慰,也会触到他们的最伤痛处。"他说。

但意外的事情总是在最乱的时候出现。田宝健烈士的家属来了,来后的第一件事就是想尽快看到自己的亲人。那个时候迟一分钟就可能让家属的情绪出现异常。见到田宝健的家属时,部队的领导都暗暗捏了一把汗:妈呀,怎么一下来了二三十个亲属呀!

"晓龙,你那边好了没有?可不可以让家属到太平间看烈士了?"领导打电话问陈晓龙。

"应该可以吧。我跟医院方面联系一下,你们等我的回话。"合

爆炸现场

上手机,陈晓龙就往泰达医院的太平间走。

"天哪!我们的人到哪儿去了呀?"陈晓龙一进太平间,立即跳了起来:原来安放田宝健的尸体柜里换成了另一个人了!他迅速翻遍了所有尸体柜,却仍然没有找到自己的战友,本来是冰冷的太平间,可陈晓龙顿时全身急出了一身汗……

"我们是奉市里的命令:医院里的尸体放不下了,统统往各殡仪馆运……"太平间的工作人员说。

"你是说,都运到其他地方去了?知道我们的人运到哪个殡仪馆吗?"陈晓龙只感觉自己的身子又顿时从热变成了冷,甚至浑身有些打战。

"这个我们不知道。"

天哪!我怎么向田宝健的家属交代?怎么向部队领导汇报呀?

"怎么回事?准备好了没有?田宝健的亲属们情绪很激动,他们马上想看到自己的亲人……"那边,善后组的人催命似的在电话里跟陈晓龙这样说。

"报告:田宝健丢了,找不到了……"陈晓龙只得如实汇报。

"啥?丢了?怎么丢的?"责问声能把陈晓龙的耳朵震聋。

无奈,陈晓龙只能一五一十地如实道来。

"赶紧想一切办法把田宝健给我找到!"部队领导用异常严厉的口气命令道。

"是。"

陈晓龙满头大汗地赶到汉沽殡仪馆,但人家不让他进去:上级有令,现在不能随便看尸体。要等公安部门来做DNA检测。

"死者家属已经来了,想见一下总可以吧!"陈晓龙急了。

"那也不行。我们请示同意后方可。"

"那求求你们帮忙请示一下吧!"陈晓龙想发火又觉得没用,只得忍气等待。

同一时间里,消防总队领导也在发动其他官兵在其余的天津爆炸附近各殡仪馆寻找,结果大出意外:没有田宝健。

会到哪儿去了呢? 陈晓龙一边等一边在思忖。晚上6点左右,陈晓龙被告知可以进塘沽殡仪馆停尸间了。

阿弥陀佛! 人找到了。

"那你就赶紧准备吧,我们陪家属到你那儿估计个把小时时间……"善后组告诉陈晓龙,意思是他们一会儿陪着田宝健的二十多位亲属到殡仪馆。

■ 田宝健母亲送别儿子现场

■ 战友们与英雄作别

爆炸现场

"活要见人,死要见尸",牺牲者亲属的急切心情,完全可以理解。但苦了在殡仪馆的陈晓龙:战友牺牲留下的面目太惨太难看,怎么办?

"求求你们了! 马上帮助整一下容吧!"从不求人的陈晓龙,现在突然觉得自己唯一能够做的就是"求人"。

整容师来了,并且立即上手。

陈晓龙却不踏实:他要看着他们如何完美地缝合他所熟悉的战友的容貌……但,这是极其痛苦的过程:整容师在自己已经没有温度与生命的战友脸上、身上,用刀、用针剪裁与缝合,那针针刀刀仿佛都扎在陈晓龙自己心尖上。他感到痛,痛得喘不过气,然而他又必须坚强地、不动声色地站在整容师的身后、站在战友的面前……

整个整容时间比预期晚了两个小时,因为烈士被炸伤和灼烫的地方太多、太严重。

"可以了吧?"当晚9点多,累得汗水淋淋的整容师直起身,道。

陈晓龙再一次细细地察看了一眼他熟悉而似乎又陌生的战友田宝健一眼,神圣而又肯定地点了点头。等整容师走后,他又将事先准备好的一床崭新的被子盖在了他亲爱的战友的身上……

"我的儿啊……""我的亲亲啊……"停尸间向家属打开的那一瞬,撼天裂地的恸哭与哀号声,是陈晓龙所不曾想到的。不是以前没有见过死人,也不是没有见过亲人与死者相见的场面,然而陈晓龙觉得这一次这样的场景和悲恸,是他前所未见。

他的心和灵魂被震荡了,甚至有些出窍的感觉。

"儿啊,你还不到20岁呀!"陈晓龙马上意识到为何从未有过的出窍之感：原来他的战友才19岁就永别了他的亲人……

多么悲惨的世界！无法接受的现实！对每个被大爆炸夺去亲人生命的家属而言，难道不是这样吗？

陈晓龙默默地背过脸，拭泪不止。

这仅仅是开始。被大爆炸夺去生命的消防队员达一百多位，共和国消防史上从未有过的一次壮烈。

我知道，大爆炸善后工作中像担任陈晓龙这样任务的有一批人，他们多数与陈晓龙一样，从未接受过如此特殊的任务。

"害怕，真的很害怕。"开发支队防火处监督科副科长张建辉接受了同样的任务，最初他在打开尸柜时都不敢看，"我既害怕这一眼看到的是自己熟悉的战友，又怕认错了人……"

找来的认尸者都是临时抽调的那些对自己单位比较熟悉的

王琪母亲和父亲送别儿子

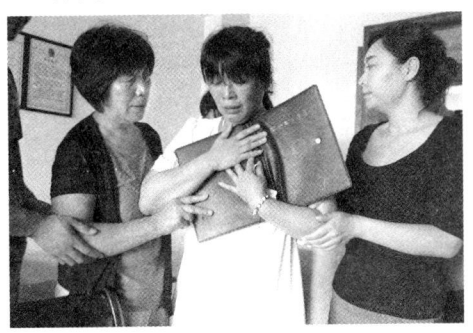

爆炸现场

"老兵"。即便如此,许多情况下仍然有种种"意外":有的尸体被现场的水和其他物质所腐蚀,变得浮肿,甚至严重腐烂,完全变了形,一碰就一股臭水臭气袭来……你即使忍不住,也得靠近去慢慢通过细节确认死者的身份。有时一具尸体,要翻来覆去几次移动其身子才能最后确认。张建辉说,他就遇到一个烈士的遗体在两个地方,最后费尽工夫才"组合"到一起,并最终确认了身份。

陈晓龙遇到的难题大出一般人想象——

"说说,到底是怎么回事?"听说烈士王琪被送到医院确认死亡后,竟然又"失踪"了!我不能不追问这事。

"是这样。"陈晓龙说,"因为王琪被送到医院时已经属于烧得炭化一类的了,就是只剩骨的那种……"陈晓龙停顿时片刻后说,"这样的烈士从爆炸现场送到医院后一般就直接拉到了太平间。王琪就是这样的。因此烈士的身份也很快被确定,并且列入了向社会公布的'伤亡'名单上。爆炸后的前一两天,医院等各个方面都比较乱,所以造成伤员和死者常常对不上号及'失踪'的情况。王琪烈士的情况基本上是这样:他的牺牲当时在搜索现场已经确认,后来遗体拉到医院后,我们得到的信息是说拉到塘沽殡仪馆了。既然烈士安置有着落了,我们也就把他的事暂且放一放,忙着处置其他人去了。但过了两三天,他家里的人来了,说要看烈士,那我们就赶紧准备呀!结果到塘沽殡仪馆一看,竟然没有王琪!那个殡仪馆比较大,当时放了许多尸体,我一个个尸柜拉出来察看,看了一次又看一次,结果仍然没有王琪,这是怎么回事?烈士放在殡仪馆的停尸间里'失踪'了,你说怪不怪？领导一听就着急起来，说陈晓龙你咋搞的？赶快给我找出来！人家亲属大老远赶到天津来，我们怎么交代嘛！可不是呀，当时我真有点发愣了，加上连续几天几夜不是在这个医院的太平间忙乎，就是在那个殡仪馆张罗，天天跟一张张根本不认识的死人脸打照面……啥心情你们想象得出的。但这都不要紧，好像那个时候我们都变了人似的，一切都是为了烈士，一切都为了处置好爆炸事故的善后工作。作为消防支队的一线干部，我自然不例外。但我跟其他人还有不一样的地方：我是负责牺牲者的最后事宜，就是他们在火化前的所有安放与处置，比如接待他们的亲属察看尸体、开追悼会、遗体告别、火化和骨灰处理等等。我没有想到的是，竟然出现了死人'失踪'的事！没办法，找啊！我就开始到天津市区可能存放爆炸事故中的死者的所有殡仪馆，去一个一个找，整整找了两天，竟然还是没有找到！"

"真出怪事了？"我的心跟着悬了起来，简直像谜一般。

采访陈晓龙

爆炸现场

陈晓龙摇摇头,说:"是我们把塘沽殡仪馆和塘沽殡仪服务站这两个地方搞错了。"

"我们只知道塘沽殡仪馆,却不知它下面还有一个塘沽殡仪服务站的小单位,而王琪则被放在了这个殡仪服务站。"陈晓龙说。

原来如此!

"当我们弄明白这两个单位的情况后,就赶紧到塘沽殡仪服务站去找王琪。结果你想咋了?"

"又会有什么情况?"

"我去后竟然又没找到!"

陈晓龙的话令我目瞪口呆:"你开玩笑吧?"

"是。确实开始还是没找到……"他说。

"真的是连环疑案?"我怀疑这太传奇的故事了!

"是这样。"陈晓龙一脸严肃,"塘沽殡仪服务站不大,停尸间的冰柜也不多,我第一次一个个察看后真的没有找到,第二次又查了一遍还是没有找到。再去问服务站的值班人,他们说,都在这里,就这些,如果没有就是没有了!这不太奇怪了嘛!明明是记录在这个服务站的,为啥就没有了呢?我们不得不作细致的调查,向服务站的所有工作人员调查从13日早晨开始进出这个殡仪站的所有死者的记录,结果证明:王琪没有出服务站,还在里面。那为什么我们找不到呢?就在我们谁也弄不明白到底是怎么回事时,一位服务站的工作人员突然想起来了,说那天有一尸体拉来后,发现特别高大,一般的尸柜放不下,就把他搁到了旁边的一个平时不放尸的大柜里……我一听就赶紧冲进停尸间,直奔那个大尸柜。果

送别英雄

烈士梁仕磊的父母送别儿子

烈士杨钢（前一）生前与战友在一起

烈士成圆的生前照片

烈士袁海与他的家人

岩强和叶芬的结婚照

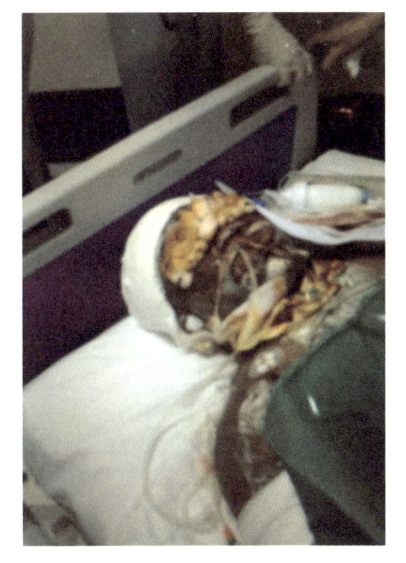

叶芬第一次见到受伤后的岩强,此时他正被推往手术室的电梯口

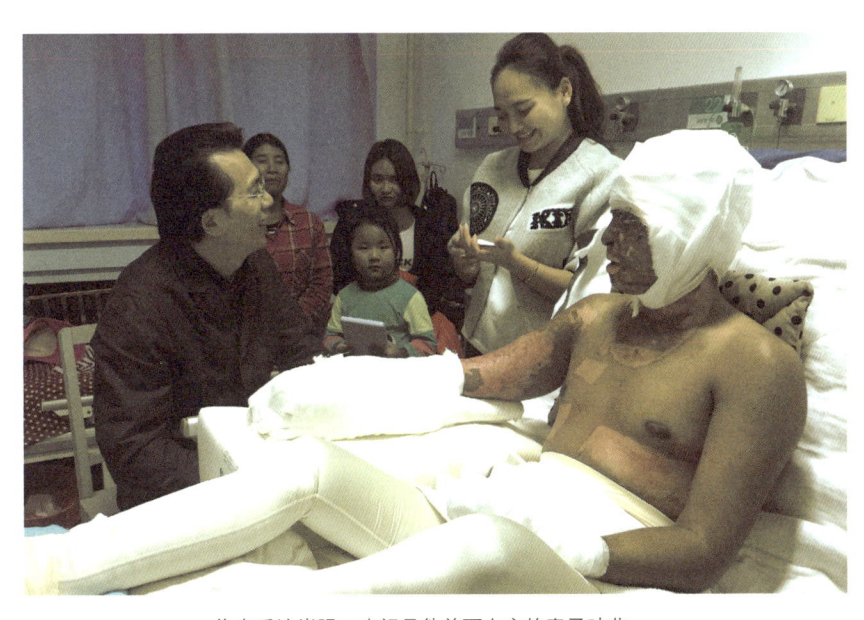

作者采访岩强,中间是他美丽大方的妻子叶芬

天津消防开发支队三名伤员的近照

真,这回终于见到了我的战友——王琪……"

天！烈士王琪原来是这样"失踪"了！

陈晓龙说:"王琪本来就身体高大,牺牲时又双手高举过头顶,所以他的骨架会比一般的死者高出不少,因此就有了上面的'失踪'……"

真是难为陈晓龙了！

我听天津港公安局的事故现场搜索组同志说过,他们在爆炸现场后来见到的在最核心区牺牲的消防队员形状,基本上都是双手举过了头的姿势……我请教专家,他们告诉我:这种姿势证明,爆炸的火焰袭来的那一刻,牺牲者会下意识地举起手想"挡"火,于是就有了这个动作。

好惨啊！那些牺牲的消防队员！

陈晓龙的难事不仅仅是烈士的奇怪"失踪",他的另外两位年轻战友庞题与宁宇,牺牲得特别惨烈,当前方搜寻他们的战友确认是这两位战友时,发现其面目全无,化至白骨……这样的死者如何让亲属来辨认呢？而亲人的辨认是必需的,否则可能出现的另种意外会让事态变得更加复杂——安抚死者家属就是对牺牲的烈士们的灵魂的最好抚慰。

"就是没有人了也要给'造'出个真人来！"领导说了,领导说这话非常坚决,丝毫没有余地。

"人"真能"造"出来？

得感谢现代科技与医学。"人"真的能"造"出来。大爆炸的许多烈士最后的模样就是"造"出来的。

爆炸现场

"某某和某某烈士的遗体就是这样'造'出来的……因为当时要开第一个烈士遗体告别仪式,他俩又是确认的牺牲者,但已经找不到他们的真身了,我们只能采取'造'了……"陈晓龙经历过这样的过程。

"上面请了北京、上海的专家,也有天津的。他们都是高手,用3D先打印个身体模型,再对着照片进行塑造。"陈晓龙说,"整个过程非常复杂,有一位烈士花了整一夜工夫才塑造完。一般我们都得站在旁边守着,主要是负责看专家们塑得像不像,因为照片上的人跟真人还是有一定差别。我们熟悉战友的模样和平时的表情,尤其像我当过他们的中队长、指导员,平时他们休息的时候我们要进他们的宿舍查铺,所以他们睡后的模样我们也熟悉。"

"唉,谁能想得到连这样积累的一些工作经历,现在都用上了。"陈晓龙悲切地长叹一声,说。

"即便如此,意外还是不断。"他说,"那天专家们给某某'造'好后,都收工走了。我再去看看'战友'时,发现坏大了:专家给'他'整的是火化妆……这哪行呀!家属来一看,说不像、不是,那可就坏大事了!"

我不明白陈晓龙说的是什么意思。

"火化妆一般都比较浓些,不像真实的死人。而我们牺牲战友的亲人们,第一次或者开始见的几次都应该是死后的真容。真容接近于平时死者的容貌,所以尽量不用火化妆,这在殡仪馆是有讲究的。"陈晓龙解释后,我才明白过来。

"碰到这种情况你可怎么办呢？让专家回来重新整容?"我问。

"来不及了。人家专家忙了一整夜,又听说去执行另外的任务了。我根本叫不回他们……"陈晓龙说。

"天！你怎么办呢？"

"唉,没有办法。我自己干吧!"陈晓龙又是一声长叹。

真是无法想象。一个年轻中校警官,竟然还要做一件他从未做过的事——为死者整容。

"那是我战友,当时我心头想的只是如何不让他的亲属见他时怀疑'他'是假的,否则可就不好收场了!"陈晓龙说得非常严肃,"什么事都可以马虎一点,'人'的事绝不能马虎。"

"你干过化妆没有？"我真为陈晓龙捏把汗。

■送别英雄

193

爆炸现场

"连擦脸油我都极少用,哪干过化妆!"陈晓龙说。

看我直摇头,陈晓龙自个儿苦笑了一下,说:"没有别的办法,我只好把殡仪馆的一位师傅叫来,请他一起帮忙。人家毕竟干过简单的死容化妆,比我强一些。所以我们两人最后配合着把这事整完了……"

"咋整的?"我觉得不可思议。

陈晓龙:"那师傅画这边脸,我就跟着他画另一边脸,淡妆嘛,毕竟人家专家的3D模子放在那儿,大体不会太走样,所以加上我们的又一番化妆,基本上就可以了。不过说实话,烈士的家属进殡仪馆瞅见烈士的那一刻,我的心跟着快要蹦出来,直听到他母亲那一通撕心裂肺的'我的儿啊'哭喊声出来,我的心才从半空落了下来……"

> Grant them eternal rest, O Lord,
> And may perpetual light shine on them.
> Thou, O God, art praised in Sion,
> And unto Thee shall the vow
> Be performed in Jerusalem.
> Hear my prayer, unto Thee shall all
> Flesh come.
> Grant them eternal rest, O Lord, and
> may perpetual light shine on them.

那天,陈晓龙为战友抹上最后一笔红印,又整了整烈士笔挺的警服,用车子推着烈士出停尸房的那一刻,一曲他既熟悉又陌生的《安魂曲》顿时响起……莫扎特那低沉浑厚的低音曲,弥漫了整个殡仪馆,气氛庄严而肃穆,所有在场的人低头哀伤。烈士亲属不可抑制的哭号和战友与同事的低泣声伴在一起,使得告别仪式无比凄苍与悲痛。

这场告别仪式,让陈晓龙感到极其压抑。

"换!换个乐曲!"陈晓龙建议殡仪馆工作人员。

"《安魂曲》是世界名曲,还有啥能替代它的?"人家提出。

"那你听听这个!"陈晓龙没有说话,他知道自己的战友已经准备好了。

"放!"

顿时,在新一场的烈士告别仪式上,一曲悲伤中带着高亢的新"安魂曲"响起在陈晓龙和那些前来悼念战友的消防官兵及天津各界市民的耳边——

  送战友　踏征程

  默默无语两眼泪

  耳边响起驼铃声

  路漫漫　雾茫茫

  革命生涯常分手

  一样分别两样情

  战友啊战友

  亲爱的弟兄

  当心夜半北风寒

爆炸现场

　　一路多保重

　　……

　　战友啊战友

　　亲爱的弟兄

　　待到春风传佳讯

　　我们再相逢

那一刻,在殡仪馆停尸室和医院太平间坚持了十二个日夜的陈晓龙,再无法控制压抑在心底的悲怆与激动,一边默默地一遍遍吟唱着这首《驼铃》,一边高高地将右手举到耳旁向躺在鲜花丛中的烈士们行军礼……他希望这些天里自己的努力与陪护,是对牺牲的战友最好的道别与安魂。

2015年中秋节—圣诞节采访与完稿

■ 愿逝者安息

尾声：赞美生命的壮丽，实为鞭挞摧毁生命的罪孽

《爆炸现场》本可以写它二三十万字，但我就此收笔，因为我惧怕在这场共和国史上最严重的爆炸事故的惨烈现场让我无法抽出自己的一颗已被深深刺伤的心。即便如此，仍然有两个"现场"情形刻意在上面的作品内容中没有加以描述，但它一刻也不停地像幽灵似的每天在眼前晃荡着，令我痛苦不堪，甚至常常感到窒息。

现场镜头之一：搜救队在爆炸之后的爆炸核心地，就是那个大坑的附近，发现有一批消防队员牺牲在那里，是成片成片地倒在那里。他们的尸骨大多变成了一具具炭化了的白骨架。很奇怪的是那一具具白骨架都基本上是一个姿势：双臂都高高地举着，而右臂则比左臂举得更高一些。为什么是这样的姿势，专家告诉我：当爆炸的那一瞬，消防队员在牺牲前都是下意识地试图举手挡掩，但爆炸的气浪和燃烧的烈焰来得太猛、太快，所以就在他们刚刚下意识地做出一个抬臂挡掩时，烈焰就将一个个活脱脱的生命化成了灰烬……牺牲的消防队员们因此才有了那个生命的最后定格。

现场还有一个镜头：多数牺牲在爆炸核心区的消防队员是在三五天后在现场被搜救队员们发现的。一位指挥官告诉我，不少

爆炸现场

牺牲的消防队员被爆炸时的强烈气浪冲出几十米甚至几百米,甩落在四处零乱的旮旯里。当发现他们时,不少年轻的搜救队员不敢上前多看一眼,因为他们的那些牺牲的战友此时已经根本不堪入目,不仅断腿无首,而且多数腐烂严重,满是蛆虫……

大爆炸现场还有一些特别悲惨的情景没有进入我的作品之中,并不是说它不存在,而是我不想过度渲染这场爆炸带给消防队员们的那种灭绝生命式的灾难。

战争和屠杀的现场是血淋淋的,而像天津大爆炸现场又何止是血淋淋的,它远比血淋淋的现场要撼人和惊怵得多!如果说你看到一具血淋淋的尸体的话,毕竟那还具备了生命的特形。但如果当你看到的是一具白骨时,你就不再认为那是一具生命,而是一个已经剥离了生命的鬼魂与幽灵,它会让人不寒而栗。

天津大爆炸现场真正所能看到的就是这些。当然,还有那些彻底变了形的钢铁废物,比如像集装箱和车子一类的东西,但它们是没有生命的。现场唯一有生命的基本上是人,基本上是消防队员。火与消防队员们的肉体搏杀的结果,留下的是一堆堆白骨与灰烬,很可怕。没有几个人能够看到这样的情形,我是属于从搜救人员所拍摄的录像中看到这些情形的唯一一位作家,也是到目前为止唯一一位采访一个个幸存的消防队员们的作家,我因此获得了极其珍贵的大爆炸的另一个现场——"情感现场"的诸多宝贵"镜头"。

我是了解天津大爆炸现场的一名幸运的作家,但又是一位特别痛苦的"亲历者"。许多时候我在反省自己:是不是就该让这个悲惨的爆炸现场的事实带着浓烈的感情去向世界呈现呢？思想斗争的结果是：应该。

应该的结果，就出现了这部《爆炸现场》作品。这是我从事非虚构创作几十年来最刺痛我自己内心的一部作品，其内容的震撼力和痛苦度，远远超过了以往任何一部作品，包括像写"5·12"大地震、北京"非典"等事件……而正在采写这部作品时，又恰逢2015年诺贝尔文学奖给予了白俄罗斯女作家阿列克谢耶维奇，她也是一位非虚构写作者，其获奖的作品主要是反映苏联时期的切尔诺贝利核电站泄漏事故所造成的灾难。老实说，当我拿过翻译成中文的阿列克谢耶维奇的作品时，我有些失望和欣慰：失望的是，她的诺奖作品不过如此；欣慰的是，我们可以比她写得更好。

我并没有想把《爆炸现场》刻意拿来跟阿列克谢耶维奇的作品比，但我相信自己的作品具有无法替代的"现场"震撼力，而且一定是其他虚构或假装非虚构的作品所不能抵达的艺术境界。

报告文学(或说非虚构作品)如果没有"现场"的亲历与准确叙述，那必定不会有独特而超然的艺术魅力，那些蜻蜓点水式的假现场也必不能产生强烈的艺术震撼力。然而"现场"也并不是对所有麻木的、缺乏敏感的、不知如何撷取生活和情感精华者来说，它仍然会掉入"一般性"之中。客观的"现场"通常是死板的、乏味的，甚至还可能是枯萎的、单一的，那些丰富的、精彩的、立体的、鲜艳的"现场"，则需要作者的嗅觉、视觉和情感的透彻性的寻觅与搜索，甚至有时还需要像消防队员一样冒生命之险去实践与战斗。

《爆炸现场》就是这样一部通过"冒生命之险去实践与战斗"之

爆炸现场

作。因为我尽可能地去爆炸现场,尽管我去的时候已经没有了硝烟与爆炸声,然而当我站在那个大坑前伫立片刻时,仍然强烈地感受到爆炸的火焰与气浪是如此地摄人魂魄;尽管我没有像许多消防队员感受自己的亲密战友在瞬间牺牲的场景,然而当我来到重症监护室抚摸着尚在治疗中的伤员那一条条炽焦的伤疤时,仍然感觉心的彻痛与胆之寒战……中秋节、国庆节、圣诞节,还有许多个周六与周日,我与天津消防队员们在爆炸现场一起谈论和回忆"8·12"夜晚的瞬间所发生的一切。

热的眼泪和冷的眼泪时常挂在我的眶内眶外,牺牲的战友和伤残的战友身影总在我的睡梦中复现,并无时无不在与我谈论着、欢笑着,然而多数时候他们是在向我诉说、哭泣、呐喊与追问着……"我们如此年轻,为什么就离开了这个世界?就离开了自己的亲人与爱人?为什么?谁之罪?啊,谁之罪?"

这是最悲切与沉重的呐喊与追问,它一直在那个爆炸现场的上空徘徊着、回响着……唉,这就是"现场"!无法抹去的生命现场,以及一个作家所能意识与追索到的关于生命的另一种存在与拷问。也许有人会向我提出质疑:大爆炸是一场悲剧,你为何把消防队员的牺牲写得如此壮丽。其实,消防队员们的生命本来就是极其壮丽的,而我之所以把"爆炸现场"的壮丽生命写出来,就是为了无情地鞭挞那些摧毁这些生命的罪孽!他们是谁?他们会是谁?天知之,人知之,良心知之,法律知之。

要感谢公安部消防局各位领导与战友(他们许多人曾经与我在一所警校工作过),要感谢天津消防队员和天津港公安局的同志们的积极配合,才使我有了抵达"爆炸现场"的可能,而我最想感谢的是那些亲历爆炸一线的消防队员,不管是活着的和牺牲的,他们都给了我第一手材料,这是最宝贵的部分。它常常令我不能入眠——如果你经历了,你就无法不去想那些惨烈的场景和死亡的恐怖镜头……

在去年我写完《南京大屠杀全纪实》后,曾经庆幸自己比魏特琳女士和张纯如女士幸运,因为她们俩都因"南京大屠杀"事件而最后走向了自杀的悲剧之途。前者是在大屠杀期间拯救了几万南京妇女与儿童后无法摆脱日军暴行的折磨而患抑郁症自杀,后者是因为写了"南京大屠杀"而患上抑郁症饮弹自杀。我也写了六十万字的"南京大屠杀",我庆幸自己是男人,没有前面两位女士"软弱",并勇敢地活了下来。可是,现在我写了"天津大爆炸",现场的恐怖让我感觉比经历文字"现场"的"南京大屠杀"要恐怖得多,强烈得多,也印象深刻得多……这让我如何是好!

这也许是一般作家和一般人不可能有的痛苦经历,我似乎都经历了,而今后肯定还会经历——作为一名报告文学作家,一个时代的记录者,其职业的责任使然。我并不后悔。我感到有些乏力的是:当下中国的灾难太多,多数是人为的,而且灾难的样式与危害程度常常超出我们的想象。比如刚收笔《爆炸现场》,又出现了深圳大塌方事故。即使这些天没有大事故新闻,房前屋后的空气里也会弥漫着永远散不去的雾霾,叫你生不如死的窒息……许多人在感叹:为什么现在的生活越来越感觉有些难呢?

为什么?我也想发问!

爆炸现场

  我想认认真真地发问：天津大爆炸这样的事还会不会再发生？可以肯定的是：它不太可能再来。但还有一点也是可以肯定的：类似的、不同形态的"大爆炸"随时可能发生。

  这又是为什么？我们都应该认认真真地思考与保持清醒！

于2015年岁末

附录：新华社公布国务院事故调查报告

天津港"8·12"瑞海公司危险品仓库特别重大火灾爆炸事故调查报告公布

新华社北京2月5日电　国务院近日批复了天津港"8·12"瑞海公司危险品仓库特别重大火灾爆炸事故调查报告。经国务院调查组调查认定，天津港"8·12"瑞海公司危险品仓库火灾爆炸事故是一起特别重大生产安全责任事故。

2015年8月12日，位于天津市滨海新区天津港的瑞海国际物流有限公司危险品仓库发生火灾爆炸事故，造成165人遇难（其中参与救援处置的公安消防人员110人，事故企业、周边企业员工和周边居民55人）、8人失踪（其中天津港消防人员5人，周边企业员工、天津港消防人员家属3人），798人受伤（伤情重及较重的伤员58人、轻伤员740人）。

事故发生后，党中央、国务院高度重视。习近平总书记两次作出重要批示，并主持召开中央政治局常委会，专题听取事故抢险救援和应急处置情况汇报。李克强总理多次作出重要批示，率有关负责同志亲临事故现场指导救援处置工作，主持召开国务院常务会进行研究部署。国务院其他领导同志具体指导天津市开展处置

爆炸现场

工作和防范发生次生灾害事故。2015年8月18日,经国务院批准,成立了由公安部、安全监管总局、监察部、交通运输部、环境保护部、全国总工会和天津市等有关方面组成的国务院调查组,邀请最高人民检察院派员参加,并聘请爆炸、消防、刑侦、化工、环保等方面专家参与调查工作。

调查组坚持"科学严谨、实事求是、依法依规、安全高质"的原则,先后调阅文字资料1200多份、600多万字,调取监控视频10万小时,对600余名相关人员逐一调查取证,通过反复的现场勘验、检测鉴定、调查取证、模拟实验、专家论证,查明了事故经过、原因、人员伤亡和直接经济损失,认定了事故性质和责任,提出了对有关责任单位和责任人员的处理建议,分析了事故暴露出的突出问题和教训,提出了加强和改进工作的意见建议。

调查组查明,事故直接原因是瑞海公司危险品仓库运抵区南侧集装箱内硝化棉由于湿润剂散失出现局部干燥,在高温(天气)等因素的作用下加速分解放热,积热自燃;引起相邻集装箱内的硝化棉和其他危险化学品长时间大面积燃烧,导致堆放于运抵区的硝酸铵等危险化学品发生爆炸。

调查组认定,瑞海公司严重违法违规经营,是造成事故发生的主体责任单位。该公司严重违反天津市城市总体规划和滨海新区控制性详细规划,无视安全生产主体责任,非法建设危险货物堆场,在现代物流和普通仓储区域违法违规从2012年11月至2015年6月多次变更资质经营和储存危险货物,安全管理极其混乱,致使大量安全隐患长期存在。

调查组同时认定,事故还暴露出有关地方政府和部门存在有法不依、执法不严、监管不力等问题。天津市交通、港口、海关、安监、规划和国土、市场和质检、海事、公安等部门以及滨海新区环保、行政审批等单位,未认真贯彻落实有关法律法规,未认真履行职责,违法违规进行行政许可和项目审查,日常监管严重缺失;有些负责人和工作人员贪赃枉法、滥用职权。天津市委、市政府和滨海新区区委、区政府未全面贯彻落实有关法律法规,对有关部门、单位违反城市规划行为和在安全生产管理方面存在的问题失察失管。交通运输部作为港口危险货物监管主管部门,未依照法定职责对港口危险货物安全管理进行督促检查,对天津交通运输系统工作指导不到位。海关总署督促指导天津海关工作不到位。有关中介和技术服务机构弄虚作假,违法违规进行安全审查、评价和验收等。

公安、检察机关对49名企业人员和行政监察对象依法立案侦查并采取刑事强制措施。其中,公安机关对24名相关企业人员依法立案侦查并采取刑事强制措施(瑞海公司13人,中介和技术服务机构11人);检察机关对25名行政监察对象依法立案侦查并采取刑事强制措施(正厅级2人,副厅级7人,处级16人),其中交通运输部门9人,海关系统5人,天津港(集团)有限公司5人,安全监管部门4人,规划部门2人。

根据事故原因调查和事故责任认定结果,调查组另对123名责任人员提出了处理意见,建议对74名责任人员给予党纪政纪处分,其中省部级5人,厅局级22人,县处级22人,科级及以下25人;

爆炸现场

对其他48名责任人员,建议由天津市纪委及相关部门视情予以诫勉谈话或批评教育;1名责任人员在事故调查处理期间病故,建议不再给予其处分。

依据《安全生产法》等法律法规,调查组建议吊销瑞海公司有关证照并处罚款,企业相关主要负责人终身不得担任本行业生产经营单位的负责人;对中滨海盛安全评价公司、天津市化工设计院等中介和技术服务机构给予没收违法所得、罚款、撤销资质等行政处罚。调查组还建议,对天津市委、市政府进行通报批评并责成天津市委、市政府向党中央、国务院作出深刻检查;责成交通运输部向国务院作出深刻检查。

针对事故暴露出的问题,调查组提出了十个方面的防范措施和建议,即:坚持安全第一的方针,切实把安全生产工作摆在更加突出的位置;推动生产经营单位落实安全生产主体责任,任何企业均不得违规违法变更经营资质;进一步理顺港口安全管理体制,明确相关部门安全监管职责;完善规章制度,着力提高危险化学品安全监管法治化水平;建立健全危险化学品安全监管体制机制,完善法律法规和标准体系;建立全国统一的监管信息平台,加强危险化学品监控监管;严格执行城市总体规划,严格安全准入条件;大力加强应急救援力量建设和特殊器材装备配备,提升生产安全事故应急处置能力;严格安全评价、环境影响评价等中介机构的监管,规范其从业行为;集中开展危险化学品安全专项整治行动,消除各类安全隐患。

此外,调查组还查明,本次事故对事故中心区及周边局部区域大气环境、水环境和土壤环境造成不同程度的污染。天津渤海湾海洋环境质量未受到影响。没有因环境污染导致的人员中毒与死亡病例。目前,对大气环境的影响已基本消除,受污染地表水得到有效处置,事故中心区土壤和地下水正在进行分类处置和修复。对事故可能造成的中长期环境和人员健康影响,有关方面正开展持续监测评估,并采取防范措施。

天津港"8·12"瑞海公司特别重大火灾爆炸事故调查组负责人答记者问

新华社北京2月5日电 近日,国务院批复了天津港"8·12"瑞海公司危险品仓库特别重大火灾爆炸事故调查报告,调查组认定,该事故是一起特别重大生产安全责任事故。

记者就该事故中社会关注的热点、疑点问题,采访了调查组相关负责人。

一、事故原因

记者:瑞海公司危险品仓库到底存放了哪些危险货物?起火和爆炸原因究竟是什么?

答:事故现场经过火灾、爆炸,现场破坏严重,情况复杂危险。为查明"怎么着的、怎么炸的"等问题,事故调查组聘请爆炸、消防、化工、刑侦等多领域的权威专家参加技术组,开展了全面深入的调查。

经查,事发前,瑞海公司危险货物集装箱堆场内共储存危险货物7大类、111种,共计11383.79吨,其中数量大的有硝酸铵800

吨,氰化钠680.5吨,硝化棉、硝化棉溶液及硝基漆片229.37吨。

其中,运抵区(也称海关监管区)内共储存危险货物72种,共计4840.42吨,包括硝酸铵800吨,氰化钠360吨,硝化棉、硝化棉溶液及硝基漆片48.17吨。

事故调查组经过艰苦细致的调查,最终查明认定事故直接原因为:瑞海公司危险品仓库运抵区南侧集装箱内的硝化棉由于湿润剂散失出现局部干燥,在高温(天气)等因素的作用下加速分解放热,积热自燃,引起相邻集装箱内的硝化棉和其他危险化学品长时间大面积燃烧,导致堆放于运抵区的硝酸铵等危险化学品发生爆炸。

2015年8月12日23时34分06秒,事故现场发生了第一次大爆炸。距第一次爆炸点约20米处,有多个装有硝酸铵、硝酸钾等氧化剂、易燃固体和腐蚀品集装箱,受到火焰蔓延的作用以及第一次爆炸冲击波影响,23时34分37秒发生了第二次更剧烈的爆炸。据测算,本次事故中爆炸总能量约为450吨TNT当量。

记者:瑞海公司是否有特殊背景?

答:瑞海公司成立于2012年11月28日,为民营企业,员工72人。

调查发现,瑞海公司实际控制人于某在港口危险货物物流企业从业多年,熟悉港口经营危险货物物流企业需要的行政许可及其审批程序。于某通过送钱、送购物卡(券)和出资邀请打高尔夫、请客吃饭等不正当手段,拉拢原天津市交通和港口管理局分管领导和天津市交通运输委员会港口管理处负责人,要求在行政审批过程中给瑞海公司提供便利。有关负责人滥用职权,违规给瑞海公司先后五次出具相关批复,而这种批复除瑞海公司外从未对其他企业用过。

瑞海公司另一实际控制人董某也利用其父亲(已去世)曾任天津港公安局局长的关系,在港口审批、监管方面打通关节,对瑞海公司无法定许可违法经营也起了很大作用。除董某外,调查组没有发现该公司人员的亲属有担任领导职务的公务人员。

二、灭火救援

记者:消防处置是否得当?为什么会有百余名消防员牺牲?

答:通过查阅值班记录、出警命令记录、调查了解,不管是天津港消防支队,还是天津市公安消防总队,初期响应是及时的、行动是迅速的。

从监控视频分析和向幸存消防员、企业员工询问了解到,首批消防力量到场后,指挥员立即开展火情侦查,并向在场的企业员工了解情况,但均未告知究竟是什么物质着火。在这种情况下,为避免火势继续扩大、威胁周边危险品集装箱,指挥员命令采取"冷却控制、疏散群众"的措施。在现场火势越发猛烈、威胁救援人员安全的情况下,指挥员果断下达撤退命令,全部撤离至运抵区外围,利用水炮、泡沫炮远程冷却、覆盖保护,并紧急疏散周围群众和企业员工,避免了更大的人员伤亡。

事故导致24名公安现役消防官兵和75名天津港消防员壮烈牺牲,5名天津港消防人员失踪,代价惨痛,教训深刻。主要原因:一是事故企业违规超量储存易燃易爆、剧毒等危险化学品,远远超

爆炸现场

出设计上限,尤其是严重违规存放大量不允许存放的硝酸铵,埋下巨大隐患。二是消防力量对事故企业储存的危险货物底数不清、情况不明,致使先期处置的一些措施针对性、有效性不强。事故发生后,到场的指挥员立即向企业现场人员了解有关着火物质情况,但企业人员未能提供准确信息,尤其是没有告知货场内存有大量硝酸铵,致使指挥员难以对火场状况做出危险预估。三是从幸存消防员、企业在场人员了解的情况和现场监控视频分析,爆炸发生前现场火势始终处于稳定燃烧状态,在毫无征兆的情况下,短时间内接连发生了两次大爆炸,消防人员虽然已经撤离发生火灾的运抵区,但仍处于爆炸核心区,猝不及防,造成了大量人员伤亡。

消防部门总结教训,为提升灭火救援能力,提出了以下措施:进一步提升处置危化品火灾爆炸事故的专业能力;加强火场侦查装备、远程灭火装备、个人防护装备等特殊装备建设;加强企业专职队建设,增强早发现、处置初期火的能力;建立危化品企业、监管部门、消防部门信息共享机制。

记者:坊间传说消防员用水灭火加剧现场危化品爆炸,是否属实?

答:调查显示,一方面,现场起火的物质是硝化棉,对硝化棉类火灾可以用水、雾状水进行扑救。发生爆炸的物质硝酸铵也是易溶于水的。另一方面,事故当天运抵区内没有存放金属钠等遇水燃烧货物。在后期清理中,在运抵区外发现的金属钠货物包装完好。因此,消防员用水灭火导致加剧爆炸的说法是不成立的。

三、环境影响

记者：事故对环境造成哪些影响？目前情况如何？

答：本次事故产生的残留化学品与二次污染物逾百种，对事故中心区及周边局部区域大气环境、水环境和土壤环境造成了不同程度的污染。

从大气环境污染情况看，爆炸发生后，在事故中心区上空约500米处形成污染烟团，在西南主导风向的作用下逐渐向渤海上空漂移消散，天津主城区及其周边区域近地面大气环境质量未受到影响。8月25日以前受到爆炸点污染源持续释放的影响，周边5公里范围内大气污染物有超标现象，8月25日以后，事故中心区外特征污染物稳定达标，9月4日以后达到事故发生前环境背景值的水平。从水环境污染情况看，距爆炸点周边约2.3公里范围内的水体受到污染，主要污染物为氰化物，经采取有效的处置措施，达标排入渤海湾。海洋环境质量未受到影响，根据事故发生后的海水监测数据，氰化物浓度远小于海水水质Ⅰ类标准限值，海洋浮游生物的种类、密度及生物量未见变化。

从土壤和地下水环境污染情况看，事故中心区土壤和地下水受到严重污染，氰化物和砷等污染物明显超标，紧邻事故中心区的3口地下水观测井曾出现污染物超标现象，但污染程度和范围可控。

目前，事故对大气环境的影响已基本消除。事故中心区外围受污染的地表水体已全部达标处理并排放，正在采用抽取外运及工程隔离措施对事故中心区污染水体开展处置。事故中心区土壤正在进行分类处置与修复。

爆炸现场

记者：事故发生后，采取了哪些环境应急措施？

答：事故发生后，主要采取了三项应急措施。一是开展了环境应急监测。事故发生后，紧急调集多方力量开展了环境应急监测，对事故中心区及周边大气、水、海洋环境实行24小时不间断监测，对事故中心区外土壤进行了网格化抽样监测。二是对受污染水体进行了处理处置。对事故中心区及其周边污水，第一时间采取"前堵后封、中间处理"的措施，包括在事故中心区周围构筑1米高围堰，封堵4处排海口、3处地表水沟渠和12处雨污排水管道等，把污水封闭在事故中心区内，并按照浓度高低，科学、多途径地开展了污水处置，实现了达标排放。三是严格规范废物转移处置工作。对各类废物清理按照排查、检测、洗消、清运、登记的工作程序，进行分类收集、贮存、处置与利用，没有造成二次污染。

记者：事故应急处置结束后，环保部门还采取了哪些治理措施？从长期看，将如何做好污染治理工作，以保护人民生命健康安全？

答：主要是指导督促地方政府按照"科学、安全、无害化"原则，全面开展废物清理、环境风险评估及污染场地修复工作。

一是安全有序推进场地清理及污染物处置。为确保安全，处置部门对污染区域进行封闭管理，将爆炸现场废物划分为废弃化学品、污染土壤、燃烧遗留废弃物等类别，分类处置，明确专业处置单位、建立登记和监管制度。目前，场地内约10万方的建筑垃圾正在清理中，小块建筑垃圾运至水泥厂进行处置（已清理过半），大块建筑垃圾洗消合格后，拟用于现场爆炸大坑回填（已基本洗消完毕);事故中心区的废集装箱、报废汽车经过洗消后已运至钢管集团公司熔炼处理;场地内的危化品、污染土等危废正在由专业危废处理单位进行无害化处理(已处理过半)。针对事故中心区污染水体,已进行了拉森桩阻隔止水施工,防止地下水进一步外扩污染。

二是科学开展污染场地调查评估及修复工作。为科学做好事故中心区及周边污染场地修复工作,建立了工作机制,开展了分区、分阶段的场地调查评估。截至目前,调查范围总计57万平方米,整个调查过程共获取土壤及地下水等监测数据近百万个。目前,正在根据调查结果,组织开展修复治理工作。

为最大限度的保障环境安全及人民生命健康,将继续开展场地清理及污染物处置,科学开展污染场地修复,继续跟踪监测周边大气、地表水、地下水、海水、土壤环境状况。

四、责任追究

记者:瑞海公司存在哪些违法行为?

答:调查认定瑞海公司存在的违法违规问题达10项之多:严重违反天津市城市总体规划和滨海新区控制性详细规划,未批先建、边建边经营危险货物堆场。在未取得立项备案、规划许可、消防设计审核、安全评价审批、环境影响评价审批、施工许可等必需的手续的情况下,在现代物流和普通仓储区域违法违规自行开工建设危险货物堆场改造项目。无证违法经营。2014年1月12日至4月15日、2014年10月17日至2015年6月22日共11个月的时间里既没有批复,也没有许可证,违法从事港口危险货物仓储经营业务。以不正当手段获得经营危险货物批复。通过送钱、送购

爆炸现场

物卡(券)和出资邀请打高尔夫、请客吃饭等不正当手段,拉拢有关主管部门负责人,在行政审批、监管方面打通关节。违规存放硝酸铵。违反相关国家和行业标准,在运抵区多次违规存放硝酸铵。严重超负荷经营、超量存储。瑞海公司2015年月周转货物约6万吨,是批准月周转量的14倍多。多种危险货物严重超量储存。违规混存、超高堆码危险货物。违反有关国家和行业标准,混存不同种类的危险货物,间距严重不足,超高堆码大量存在。违规开展拆箱、搬运、装卸等作业。违反行业标准,在拆装易燃易爆危险货物集装箱时,运输、装卸作业安全管理严重缺失,在硝化棉等易燃易爆危险货物的装箱、搬运过程中存在野蛮装卸行为。未按要求进行重大危险源登记备案。没有按照有关法规规定对本单位的港口危险货物存储场所进行重大危险源辨识评估,也没有将重大危险源向天津市交通运输部门进行登记备案。安全生产教育培训严重缺失。违反有关法规规定,危险货物作业人员未经培训、没有作业资格证书,缺乏对运输、储存、装卸危险货物和事故应急处置方面应有的安全知识。未按规定制定应急预案并组织演练。未按有关法规规定制定针对不同危险货物的应急预案并组织演练,未履行与周边企业的安全告知书和安全互保协议。事故发生后,没有立即通知周边企业采取安全撤离等应对措施,贻误了疏散时机,导致人员伤亡情况加重。

瑞海公司无视安全生产主体责任,安全管理极其混乱,安全隐患长期存在,是造成事故发生的主体责任单位。

记者:瑞海公司严重违法建设经营,为何能长期存在?有关地方和部门应当负有哪些责任？追责情况如何？

答：调查组认定，有关地方政府和部门存在有法不依、执法不严、监管不力等问题，有的甚至玩忽职守、滥用职权。

天津交通、港口、海关、安监、规划和国土、市场和质检、海事、公安以及滨海新区环保、行政审批等部门单位，未认真贯彻落实有关法律法规，未认真履行职责，违法违规进行行政许可和项目审查，日常监管严重缺失。

天津市委、市政府和滨海新区区委、区政府未认真贯彻落实有关法律法规，对有关部门、单位违反城市规划行为和在安全生产管理方面存在的问题失察失管。交通运输部作为港口危险货物监管主管部门，未依照法定职责对港口危险货物安全管理督促检查，对天津交通运输系统工作指导不到位。海关总署督促指导天津海关工作不到位。

有关中介及技术服务机构弄虚作假，违法违规进行安全审查、评价和验收等。

截至2015年12月10日，公安机关对24名相关企业责任人员依法立案侦查并采取刑事强制措施（其中瑞海公司13人，中介和技术服务机构11人）。检察机关对交通运输、海关、安全监管和规划部门以及天津港（集团）有限公司的25名行政监察对象依法立案侦查并采取刑事强制措施（其中正厅级2人，副厅级7人，处级16人）。

事故调查组另对123名责任人员提出了处理意见。建议对74名责任人员（省部级5人、厅局级22人、县处级22人、科级及以下

25人)给予党纪政纪处分(撤职处分21人、降级处分23人、记大过及以下处分30人);对其他48名责任人员,建议由天津市纪委及相关部门予以诫勉谈话或批评教育;1名责任人员在事故调查处理期间病故,建议不再给予其处分。

另外,事故调查组建议对瑞海公司和4家中介和技术服务机构给予吊销证照、撤消资质或罚款等行政处罚;建议对天津市委、市政府通报批评,并责成天津市委、市政府和交通运输部门作出深刻检查。

记者:在事故调查期间,是否还发现存在腐败问题?

答:调查发现,存在腐败行为。涉及瑞海公司行政许可审批的天津市交通运输委员会、天津港(集团)有限公司、天津海关、天津新港海关、滨海新区规划和国土资源管理局、天津海事局等单位的有关人员12名存在受贿问题(厅局级4人,县处级8人)。目前,这12名涉嫌刑事犯罪人员已被检察机关依法立案侦查并采取刑事强制措施。

记者:为防止类似事故再次发生,应当采取哪些措施?

答:针对调查发现的问题,调查组总结教训,提出了10个方面的措施建议:一是坚持安全第一的方针,切实把安全生产工作摆在更加突出的位置;二是推动生产经营单位落实安全生产主体责任,任何企业均不得违规违法变更经营资质;三是进一步理顺港口安全管理体制,明确相关部门安全监管职责;四是完善规章制度,着力提高危险化学品安全监管法治化水平;五是建立健全危险化学品安全监管体制机制,完善法律法规和标准体系;六是建立全国统一的监管信息平台,加强危险化学品监控监管;七是严格执行城市总体规划,严格安全准入条件;八是大力加强应急救援力量建设和特殊器材装备配备,提升生产安全事故应急处置能力;九是严格安全评价、环境影响评价等中介机构的监管,规范其从业行为;十是集中开展危险化学品安全专项整治行动,消除各类安全隐患。

五、事故调查过程

记者:天津港"8·12"特别重大火灾爆炸事故发生在去年8月12日,到今天已经5个多月时间。很多人关心,这样一起明显的责任事故,为什么要到现在才公布调查报告?

答:国务院第493号令,也就是2007年3月发布的《生产安全事故报告和调查处理条例》第二十九条规定,事故调查组应当自事故发生之日起60日内提交事故调查报告(技术鉴定时间不计入该时限);特殊情况下,经负责事故调查的人民政府批准,提交事故调查报告的期限可以适当延长,但延长期限最长不超过60日。第三十二条规定,重大事故、较大事故、一般事故,负责事故调查的人民政府应当自收到事故调查报告之日起15日内做出批复;特别重大事故,30日内做出批复,特殊情况下,批复时间可以适当延长,但延长时间最长不超过30日。也就是说,特别重大事故自事故发生日起到事故调查报告公布,允许的最长工作时间是6个月。应当说,天津港"8·12"特别重大火灾爆炸事故调查报告的公布时间,处于法定时间之内。

天津港"8·12"特别重大火灾爆炸事故损失巨大,情况复杂,事故现场破坏严重,收集证据困难,科学试验、技术鉴定以及直接

爆炸现场

原因和责任认定的工作繁重。事故调查组坚持"科学严谨、实事求是、依法依规、安全高质"的原则,先后调阅文字资料600多万字,调取监控视频10万小时,开展模拟实验8次,召开专家论证会56场,对600余名相关人员逐一调查取证,通过反复现场勘验、检测鉴定、调查取证、模拟实验、专家论证,逐一查证有关法律法规和标准条文,反复修改调查报告文稿,在此基础上形成调查报告。在国务院批复后第一时间,依据政府信息公开条例,国家安全监管总局立即向全社会公布。

备注:

本书所选用的图片部分由范奕申拍摄,同时得到了天津市武警消防总队、天津市公安局、新华通讯社、腾讯网、中国青年报社等单位及作者的授权和大力支持,在此一并表示感谢!另有部分图片因暂时联系不到作者,请图片作者与我们联系,我们将按相关规定支付稿酬。

图书在版编目(CIP)数据

爆炸现场/何建明著.—北京：人民文学出版社，2016
ISBN 978-7-02-011412-2

Ⅰ.①爆… Ⅱ.①何… Ⅲ.①纪实文学—中国—当代 Ⅳ.①I25

中国版本图书馆CIP数据核字(2016)第032791号

责任编辑　安　静
装帧设计　陶　雷
责任印制　苏文强

出版发行　人民文学出版社
社　　址　北京市朝内大街166号
邮政编码　100705
网　　址　http://www.rw-cn.com

印　　刷　三河市鑫金马印装有限公司
经　　销　全国新华书店等

字　　数　136千字
开　　本　680毫米×960毫米　1/16
印　　张　14　插页10
印　　数　1—200000
版　　次　2016年2月北京第1版
印　　次　2016年2月第1次印刷

书　　号　978-7-02-011412-2
定　　价　28.00元

如有印装质量问题，请与本社图书销售中心调换。电话：01065233595